茉莉花官吏伝 十三

十年飛ばず鳴かず

石田リンネ

ビーズログ文庫

イラスト／Izumi

目次

茉莉花官吏伝 十三

——十年飛ばず鳴かず

登場人物紹介

鉦春雪（しょうしゅんせつ）

茉莉花と同期の新米文官。毒舌だが、世話焼き体質。

黎天河（れいてんが）

珀陽の側近で武官。名家の武人一族の出身。

芳子星（ほうしせい）

珀陽の側近で文官。科挙試験で主席となる状元合格をした天才。

ラーナシュ

叉羅国の司祭、ヴァルマ家の当主。

苑翔景（えんしょうけい）

御史台の文官。真面目な堅物で特殊な癖がある。

封大虎（ふうたいこ）

御史台に所属する珀陽の異母弟。本名は冬虎。

典夏絹（てんかけん）

花娘役の指導係で元後宮の妓女。

帆果温（ほかおん）

花娘三女役で琵琶の弾き手。おっとりしている。

周香綺（しゅうこうき）

花娘二女役の舞い手。勝気な性格。

序章

かつて大陸の東側に、天庚国という大きな国があった。

あるとき、天庚国は大陸内の覇権争いという渦に呑みこまれ、四つに分裂する形で消滅した。

この四つに分裂した国のうち、北に位置するのが黒槐国、東に位置するのが采青国、西に位置するのが白楼国、南に位置するのが赤奏国である。

四カ国は、ときに争い、ときに同盟を結び、未だ落ち着くことはなかった。

白楼国には、晧茉莉花という名の若き女性文官がいる。

彼女は商人の娘として生まれ、田舎で育ち、後宮という煌びやかな世界に関わることなく生きて行くはずだった。けれども、行儀見習い先の先生から後宮の宮女試験を受けてみないかと勧められたので受けてみたら、運よく合格することができたのだ。そして、後宮に入ったあとは物覚えがいいという能力を上手く発揮し、女官に昇格して官位を頂くという奇跡を起こした。

この話だけでも、一つの物語をつくれるだろう。しかし、彼女の稀有な運命はここで終わらなかった。

若き皇帝『珀陽』にその才を見出された茉莉花は、今度は科挙試験を受けるように勧められた。太学に編入することになった茉莉花は、太学で多くのことを学び、珀陽の期待に応えて見事科挙試験に合格したのだ。

文官になってからの茉莉花は、どんな場所に行っても手柄を立てた。そして、皇帝のみが身につけられる特別な色――……禁色と呼ばれる紫色を使った小物を皇帝から授けられることにもなった。

茉莉花はついに皇帝の側近であることを認められ、出世を約束されたのだ。

初めは皆の反感を買っていただろう。

――女のくせに。新人のくせに。平民のくせに。

茉莉花には大きな後ろ盾がなかった。憎しみとねたみが渦巻く官吏の世界で、才能だけで生き残らなければならなかったのだ。しかし、功績を積み重ねていくことで、あるとき茉莉花の状況が一変する。

――晧茉莉花を味方に取り入れた方がいい。絶対に得をする。

そんな認識を官吏たちがもつようになった途端、茉莉花は若い女性であることを利用され、見合い話をもちこまれた。

「――これは全部、茉莉花の見合い相手の情報」

茉莉花は珀陽から、大量の見合い話について伝えられる。そのことに驚くと同時に、そっと珀陽を観察してみた。

珀陽は怒っているのか、嫉妬しているのか、それとも……。

（お見合いは、恋人との揉めごとの原因になりやすい）

茉莉花は珀陽に恋をしている。

そして、珀陽も茉莉花に恋をしている。

このことは事実だけれど、茉莉花は今でもときどき信じられない気持ちになる。

珀陽はとても美しくて凛々しい人で、科挙試験にも武科挙試験にも合格した有能な人物で、いつだって穏やかで、若い官吏たちとも気さくに話をするという皇帝として立派すぎる人だ。

自分が珀陽に相応しい人間かというと、そうではないだろう。未だにいいのだろうかと思うときもある。

現段階では、あくまでも互いに片想いをしているだけで、それ以上の関係にならないことを決めている。しかし、茉莉花はこの曖昧な関係を心地よいものにしておきたかった。こんなことで喧嘩をしたくない。

（陛下はこのお見合いについてどう思っているのかしら）

珀陽は手強い相手だ。観察力に優れている茉莉花でさえも、珀陽の『いつも通り』の演技が完璧すぎて、なにを考えているのか読み取れなかった。

「とても多いですね」

茉莉花は無難な返事を選ぶしかない。

この返事に珀陽がどう反応するかを静かに観察していたら、珀陽が穏やかな声を発した。

「さて、どう言って断ろうか」

珀陽は、一緒に考えよう、という流れにもっていってくれる。

怒っているわけでも、嫉妬しているわけでも、苛立っているわけでもなさそうに見えるけれど、それが珀陽の本心なのかどうかはわからなかった。

「そうですね……。『まだ仕事を続けたい』と言って断るのはどうでしょうか。やはり、官吏の嫁であれば、家庭に入ることを期待されていますから」

茉莉花がまたもや無難な答えを返せば、珀陽からあれこれと指摘される。

「科挙試験に合格しなかった名家の子息もいた。その場合は、家庭に入っても仕事を続けていいと妥協してくれるだろうね」

「わたしは平民なので、皆さまの身分と釣り合いがとれません」

「釣り合いがとれそうな家の養女にするという方法もある。ちなみに、平民出身の官吏もこの中に混ざっていたよ」

「…………」

皆が納得してくれそうな「断るためのなにか」はなさそうだとわかった。

今からつくろうと思ったら一人では無理だろう。

(一番手軽なのは、翔景さんに恋人のふりをしてもらうことよね)

茉莉花は翔景に想い人がいるという話をしてある。まだ諦めきれないとも言ってある。

この状況を乗りきるために協力してほしいと頼めば、翔景なら快く頷いてくれそうだ。

(でも、これは時間稼ぎにしかならない。どうして今すぐ翔景さんと結婚しないのかと皆から言われてしまう)

この国の結婚適齢期は十代後半だ。

翔景は二十歳を超えていて、もう結婚適齢期というものをすぎていた。周囲はそろそろ結婚した方がいいと翔景に対して思っているだろう。茉莉花とのおつきあいが知られたら、春には結婚すべきだという流れになるはずだ。やはり根本的な解決をするしかない。

「時間があればどうにかできるのですが……」

茉莉花がそう言えば、珀陽は少し間をとる。今の間は『驚き』だ。

「どうにかというのは、一時的な解決方法があるということかな?」

「いいえ、二度と見合い話をもちこまれないようにしてみせます」

茉莉花の答えに、珀陽はふっと表情を柔らかくした。

「時間稼ぎなら簡単にできるよ。どのぐらい?」

「ありがとうございます。花市までは時間を稼いでほしいです」

花市というのは、年明けに白楼国の首都の城下町で開かれる祭りだ。

珀陽は「半月ぐらいだね」と言って頷いた。

「なら、この三つにしよう」

無造作に積まれている巻物の中から、一番上と端に置いてあったものを摑み、茉莉花にもたせてくる。

「……つまり、断ることを前提にしたお見合いをするということですか？」

「うん、そう。一つだけだと見合い相手に乗り気だと思われ、断りにくくなる。でも、三つの見合いを同時に受けたら、茉莉花は『選ぶ側』になれるし、最終的にすべて断っても『どれも選ばなかった』と思ってもらえる」

珀陽は、断っても問題のない相手をきちんと選んでくれたのだろう。

しかし……。

「巻物は二つに見えますが……」

「もう一つあるんだ。おそらく、本人にその気がなくて勝手に処分したものがね。出せと言えばまた出すだろうから、あとで渡す」

珀陽は、その気のない男性を見合い相手に指名するつもりらしい。

茉莉花は巻きこまれる相手に今から申し訳ない気持ちになってしまった。

「三人の男を弄ぶ、か。茉莉花なら上手くできるだろう。楽しみだなぁ」

「陛下……！　言い方をもう少し考えてください……！」

そんなつもりはないと茉莉花は慌てる。

珀陽は面白そうに眼を細めたあと、これからの予定を立てた。

「花市までの時間稼ぎか……。……花市ね」

そして卓を指でとんとんと叩く。

茉莉花は今までの経験上、珀陽がなにか楽しいことを思いついたのだろうと察した。そして、それは自分にとってはあまり楽しくないものだろうということもわかる。

「そろそろ……、と思っていた話があったんだ。でも、茉莉花の見合い話をどうにかするために、茉莉花を地方に飛ばすか異国行きの任務を与えるつもりだったから、その話は私の中でなかったことになっていた」

「……はい」

どうやら珀陽は、茉莉花の見合い話を強引にどうにかするつもりだったらしい。

しかし、茉莉花は自分の方法も似たようなものだと苦笑し、珀陽のやり方にどうこう言える立場ではないと考え直した。

「やっぱり、そろそろ進めよう」

うん、と珀陽は一人で勝手に納得している。

　茉莉花は嫌な予感がしつつも、それでは失礼しますと言い出せなかった。

「城下町の花市の見物をしたことはある？」

「花市のことは知っていますが、見たことはありません」

　花市とは元々、赤奏国の南方の街で開かれている新年を祝う祭りだ。年中暖かいその街は、冬でも花が咲き誇っているため、元日に花を飾りつける風習があるらしい。

　その祭りが白楼国にも伝わってきているけれど、白楼国では元日に花をたくさん用意することは難しい。最初は、『花が開くように富も開く』という意味をこめて商人が縁起物として花を買うだけだった。その縁起担ぎの規模が段々大きくなり、ついには花を街中に飾るという祭りになった――……とか。

「花市の祭りには三姉妹の花娘が登場して、白虎神獣廟で舞と楽と祈りを捧げるんだ。それが終わったら、三姉妹の花娘は馬車に乗って城下町に花をまき、広場でまた祈りを捧げて舞と楽を披露する。花娘がまいた花を手で摑めたものは金運が上がる……らしいよ。全部後付けだけれどね」

　茉莉花は後宮で暮らしていたときに、城下町育ちの同僚から花市の祭りの話を聞いていた。

　それはもう色鮮やかで華やかな祭りで、とても楽しいらしい。ただし、彼女は後片付けが大変なのよ……とも言っていた。

「花市は、元々商人が始めたものだ。花娘の衣装や装飾品は、彼らの商品を宣伝する場でもある。今年はこれが流行るぞとみんなに宣伝できるんだよ」

茉莉花は商人の娘だ。この祭りにおける『花娘』の意味をすぐに理解した。

花娘は名誉ある役目で皆からおめでとうと言ってもらえるけれど、その裏側には色々な思惑が潜んでいるのだろう。商人たちは自分にとって都合のいい少女が花娘になれるよう、様々な工作を行っているはずだ。

「——ということで、茉莉花には今年の花娘になってもらう」

珀陽がにっこり笑う。茉莉花は少し考えたあと、眼を見開いた。

「わたしが花娘ですか⁉　わたしは城下町出身ではありませんし、商工会と縁がありません……！　それにもう決まっている方がいますよね……⁉」

「毎年このぐらいに決まるはずだ。もしかしたら決まったあとかもしれない。でも、皓茉莉花が花娘になれば今年の花市に皇帝も見物にくる、と言えば絶対にねじこめる」

皇帝が見物にくる祭りとなれば、官吏たちも見物にくる。

金払いのいい客が集まれば、花市の活気がさらに増す。

商工会は珀陽の申し出に飛びついて、『うちの娘の出番が盗られた』という不満を握りつぶすだろう。

そのことは茉莉花にも理解できた。

しかし、「そういうことではなくて！」と焦る。

「わたしは舞も楽もできません……！」

「後宮でどちらも習っただろう？」

「習っただけです……」

茉莉花は行儀見習いをしていたときに琵琶の基礎を、後宮の女官になってからは琵琶と舞を妓女に教わっていた。そのおかげで、琵琶は弾けるし、舞の振り付けも覚えているけれど、本当にそれだけである。

悲しいことに、『きちんと練習して覚えてきたんですね』以外のことを言われたことはない。教師役の妓女からの評価はいつだって『真面目に練習している』だ。

「冗談だよ。茉莉花は花娘の長女役にしようと思っていた。舞を披露する二女や楽を披露する三女と違い、白虎神獣廟でも広場でも祈りを捧げるだけだからね」

茉莉花は花市に詳しくはない。三人娘にそれぞれの役割があることをたった今知った。

「……おそらく、花娘の長女役は花市の顔ですよね？　城下町生まれでも城下町育ちでもないわたしを花娘にする理由はなんでしょうか」

珀陽なら目的もなく茉莉花を花娘にすることはない。そこはわかっているので、茉莉花はその先を心配する。

「茉莉花を白楼国の女の子の憧(あこが)れの存在にする。その準備を始めようと思っていた」

珀陽の宣言に、茉莉花は背筋がひやりとした。

——平民出身の女性文官が禁色の小物を頂くことで、結婚しても官吏を続けることで、白楼国の女の子が当たり前のように文官を目指せるようにしていきたい。

これは茉莉花にとっての夢だ。けれども、まだ先の話だと思っていた。いや、そう思いたかっただけかもしれない。

「平民出身の女性文官『皓茉莉花』。花市を利用して、君の名前と顔を城下の人たちに覚えてもらう。これから君は外を歩くたびに、あの皓茉莉花だという視線を向けられるようになる。君の言動のすべてが注目されるんだ」

花市後の茉莉花は、今までのようにふらりと気軽に店へ入ることはできない。

きっと色々な人に話しかけられるだろう。善意から悪意まで、様々な感情を向けられる。

（わたしは、模範的(もはんてき)な文官の演技をし続けなければならない……）

皆の憧れになるという重みは強く感じた。しかし、元々『模範的な宮女』や『模範的な女官』を演じていたのだ。誰もいないところでだけ本当の自分でいられるというのは、皆も経験していることだろう。そう思えば、これまでとあまり変わらないのかもしれない。

「注目される君には、別の価値が生まれるよ」

「……別の価値、ですか？」

「言い方を変えようか。皇帝に寵愛されている美しくて賢い妃がいるとしよう。彼女が新しい歩揺をつけてきた。さて、他の妃はどうする？」

「素敵なものであれば、どこで買ったものなのかを調べ、似たようなものを買います」

　茉莉花はそう答えながら、珀陽の言いたいことを理解した。

　花市は元々、商人が始めた祭りだ。商工会が中心となって祭りのための仕入れをし、集まった人たちを相手に商売をしている。

　少女の憧れとなった晧茉莉花は、衣服、飾りもの、もちもの、ありとあらゆるものが注目されるだろう。少女たちは同じものをもちたがるはずだ。

「わたしはこれから、商工会への切り札にもなるんですね」

「その通り。茉莉花なら心配しなくてもいいだろうけれど、言動には気をつけるように。君が曇りだと言ったら、今日の天気が曇りになるだろうからね」

　珀陽は青空を指差す。

　茉莉花は、判断に迷ったときには珀陽に必ず相談することにした。

「ちなみに、花娘に推したのは、それだけの理由ではないよ」

　珀陽は窓の外を眺め、鳥を眼で追いかける。

「一石二鳥という言葉があるんだけれど、折角だから一石五鳥を狙いたいなって」

　つまり、珀陽にはあと四つほどしたいことがあるようだ。

　あれもこれもを本気で考えて実現させようとしている珀陽の力に、茉莉花はただ圧倒されてしまった。

「あと三つは自分で考えてみてね」

「……わかりました」

　珀陽に『いいえ』を言える者はいない。たとえ、隣国の皇帝であってもだ。

（でも、三つ？　数が合わないけれど……）

　茉莉花が疑問の声を上げる前に、珀陽は指を一本立てた。

「それからもう一つ、茉莉花に頼みたいことがある。これが一石五鳥の二つ目」

　断らせるつもりはないという珀陽の迫力ある笑顔が向けられる。

　立て続けに新たな仕事を与えられることになった茉莉花は、珀陽にとって自分の見合い話なんて本当にどうでもよかったのかもしれない……という気持ちになってしまった。

第一章

茉莉花が見合いをすることになったという話は、月長城を駆け抜けた。

官吏たちは「相手は誰だ!?」と騒然としたあと、見合い相手の詳細を聞いて「まぁ、そうだよな」と納得する。

そして茉莉花は今、月長城の客人たちをもてなすための宮の一角で、一人目の見合い相手を前に微笑んでいた。

茉莉花の両親の代わりに子星がきてくれていて、そして相手側の両親の代わりには珀陽がきている。

「改めて紹介するよ。私の弟の冬虎だ」

「皓茉莉花です。今日はよろしくお願いします」

茉莉花は冬虎──……御史台では封大虎と名乗っている珀陽の異母弟に挨拶をした。

大虎は珀陽の隣で居心地の悪そうな顔をしている。ちらちらと珀陽を見ては、ときどきため息をついていた。

（一人目の見合い相手は大虎さんなのね）

茉莉花は、断ることを前提にした見合いへ巻きこまれてしまった大虎に、申し訳なくなる。

「淑太上皇后が冬虎をよろしくと言っていたよ」

「おや、いつの間に冬虎皇子殿下と淑太上皇后陛下がそこまで親しい仲に？　冬虎皇子殿下のことは皇子として認識していないと思っていました」

「私と仲よくしている皇子だから、自分の手駒みたいに思っているんだろう。すれ違っても冬虎と認識できないのにねぇ」

子星と珀陽は穏やかな表情で会話をしているけれど、内容はあまり穏やかなものではない。

（淑太上皇后陛下は、陛下でさえも敬意を払わなければいけない相手……）

淑太上皇后は、先の皇帝の皇后だ。先の皇帝が亡くなったとき、彼女は皇太子である自分の息子を皇帝にしたかったけれど、幼すぎることを理由に反対されてしまったため、諸外国を牽制できる有能な皇子——……珀陽と取引することにした。

珀陽は淑太上皇后と『十年後ぐらいに譲位する』という約束をして、即位の後押しをしてもらったのだ。

（白楼国の政の中心は淑家。その淑家に用意された見合い相手を断るなんて、絶対にできないと思うのだけれど……）

茉莉花が不安になっていると、珀陽に裏の事情を教えられる。

「今のところ淑太上皇后は、みんなが茉莉花を取り合っていることに驚いて、とりあえず自分も参加してみようぐらいの気持ちしかないようだ。本気だったら、私の『冬虎でいいだろうか』という提案に頷かないよ」

大虎の母親は女官だったけれど、皇子を産んだことで妃の位を与えられた。力のある後ろ盾をもたない大虎は、皇子だけれど皇子ではない半端者という扱いをされているらしい。

淑太上皇后は、半端者の大虎なら……と思ったのだ。

（本気になっていなくて本当によかったわ）

これなら大虎との見合いが破談になっても、淑太上皇后の機嫌を損ねることはないだろう。ただし、状況によっては皇后派の誰かと結婚するのはどうかと改めて見合いの場を用意されてしまうかもしれない。

「子星、そろそろ若い者だけにしようか」

「それなら陛下も残らないといけませんよ」

「一度この台詞を言ってみたかったんだ」

珀陽と子星はあははと楽しそうに笑い合っているけれど、茉莉花は困り顔で笑うしかなかった。

「……あ～もう、なんでこんなことに」

二人きりになった途端、大虎は頭を抱える。

茉莉花は大虎の飲杯に茶をそっと注いだ。

「本当にすみません。わたしの時間稼ぎにつきあわせてしまって」

どうぞ、と茶を大虎の前に置けば、大虎が勢いよく顔を上げた。

「茉莉花さんのためならいくらでも協力するよ！　問題は陛下なんだ！　しかたないことだとわかっていても僕に意地悪してくるんだよね！」

僕は協力している側なのに、と大虎は嘆く。

「見合いってどのぐらいお喋りしておけば失礼のない感じになるんだろう。今までしたことがないからわからないなぁ」

「わたしもこれが初めての見合いなので……。でもあまり長く一緒にいると、話が弾んでしまったと思われてしまうかもしれませんね」

「だよね。こういうときは……琵琶でも弾くかな。話が弾まなかったから琵琶でごまかしたって周りには言っておこうっと」

大虎は部屋の外で待機していた珀陽の従者に声をかけ、琵琶をもってきてもらう。

「なにを弾こうかな。聞きたいのある？」

「あ……、でしたら……！」

茉莉花は、大虎ならあの曲が弾けるかもしれないと眼を輝かせた。

「実は花市の花娘を任されたんです。ですが、わたしは一度も見物したことがなくて……。広場で披露される曲ぐらいは先に聞いておきたいと思っていたんです」

「あ〜！　あれね！　今年は茉莉花さんだったんだ。いいよ、楽譜を見たことはないけれど、旋律は覚えていると思う。ちょっと弾いてみるね」

大虎は早速琵琶を構えた。左手の指で弦を押さえ、右手の撥で弦を弾き、深い音を響かせる。

たった一音だけでも「上手い」という感想が茉莉花から出てきた。大虎の音色がこの域に達しているのは、それだけの練習を積み重ねてきたからだ。

「ざっと弾くだけになっちゃったね」

「いえ、とても素晴らしかったです……！」

茉莉花が感動しましたと言えば、大虎は嬉しそうに笑った。

「じゃあ、次は茉莉花さんの番」

「……あまりにも情けない音しか出せないので、また今度にしてください」

最近、茉莉花はときどき琵琶を弾くようにしている。けれども、仕事で異国に行ってしまうと、指慣らしすらできなくなるのだ。

（恋物語では、女性主人公が恋のお相手役に楽器の音色を聞かせたり、舞い踊ってみせたりするけれど……）

現実は物語のような展開にはならない。

恋の相手をときめかせるような音色を奏でるまでの道のりは、あまりにも遠かった。


月長城での見合いが終わったあと、茉莉花はそわそわしながら足早に歩く。

表向きは皇帝から勧められた見合いということになっているので、失礼のないようにできるだけ着飾ったのだけれど、この姿で同僚に会うのは少々恥ずかしかった。誰とも会わずに帰りたい。

「茉莉花、ちょっといいかな」

人のいない廊下を選んで正門に向かっていたら、途中で珀陽に会う。

珀陽は従者に「下がっていて」と言い、茉莉花と二人で話せる場をつくった。

「皇帝が勧めたお見合いをしてきたんだから、皇帝が『どうだった？』と訊いておかないと不自然だからね」

「『緊張して上手く話せませんでした』と言っていたことにしてください」

大虎からは『話が弾まなかったから琵琶を弾いた』。

茉莉花からは『緊張して上手く話せなかった』。

この二つの話を聞いたら、見合いが上手くいかなかったんだなと誰でも思ってくれるだろう。

「でも、冬虎とは戦勝祝いの宴で仲よく話していた気がするけれど？」

「見合いはまた別の話ですから」

友人として仲よくしていても、恋人になれるわけではない。よくあることだ。

「ちなみに、ここで私と会ってどう思った？」

「……陛下に思ったことですか？」

どういう意図があるのだろうかと、茉莉花は珀陽の表情を探る。しかし、珀陽からはなにも読み取れない。

「驚き……ました」

珀陽は、茉莉花ならこの道を通るだろうと予想し、待っていた。

たしかに茉莉花は少し驚いた。そして珀陽の説明に納得した。

しかし、珀陽にとって茉莉花のこの答えは望んだものではなかったのだろう。

「茉莉花は真面目だなぁ。もっと色々なことを楽しんでもいいと思うよ。……またね」

珀陽はそれだけ言うと、従者と共に立ち去っていく。

茉莉花は、珀陽の背中をぼんやりと眺めながら珀陽の言葉の意味を考えた。

「色々なことを楽しむ……？」

それは、肩の力を抜けとか、視野を広くもてとか、様々な受け止め方がある。

けれども、どれもしっくりこなかった。

珀陽は皇帝という権力を使い、茉莉花を花娘に推薦した。

商工会の人たちは、皇帝が見物にくることを喜び、茉莉花を花市の顔である花娘の長女にしてくれた。

茉莉花は、大事な役を誰かから奪ってしまったのではないかと気が重たくなったけれど、引き受けたからには精いっぱいのことをしようと覚悟を決める。

いよいよ商工会の人たちとの顔合わせの日、茉莉花は待ち合わせ場所である妓楼に入った。自分が皆からどう見えているのかはよくわかっている。騙しやすそうな優しい地味な娘に思われるわけにはいかないので、上品に見えるよう着飾っておいた。

通された部屋にはもう皆が揃っていて、茉莉花はここへどうぞと言われた席に着く。

まずは自己紹介からということになり、商工会長がくちを開いた。

「洋申銀です。今年の祭りはこれまで以上に盛り上げていきましょう！」

五十歳ぐらいの男がにこにこしながら挨拶をした。

次は……と申銀が茉莉花を見てくる。

「このたび、花娘の長女役となりました皓茉莉花です。よろしくお願いします。花娘のお役目は仕事外のことですので、その間は城下に住む者の一人として接してください」

茉莉花は立ち上がり、皆に頭を下げた。そして、事前にしておいた話をここでもまたしておき、文官として仰々しく接しないでほしいと頼む。

(見られている……)

歓迎の視線よりも値踏みの視線が多いのは、きっと気のせいではない。

──あれが皇帝の側近だと言われている女性文官か……。

──随分と若いな。いくつだ?

──女性官吏が花娘になるのは初めてだな。

茉莉花は居心地の悪さを感じながらも、穏やかに微笑んだ。

「花娘の二女役の周香綺です。よろしくお願いします」

艶やかな黒髪と意志の強そうな暗緑色の瞳をもつ香綺は、堂々と挨拶している。

自分が選ばれたのは当然だという顔をしていて、周囲の視線に怯むことはなかった。

「私は花娘の三女役の帆果温です。よろしくお願いします」

続いておっとりとした声の女性が挨拶をする。

果温は小豆色の髪と茶褐色の瞳をもつ可愛らしい人で、不安そうな表情を見せていた。

(花市の三姉妹の花娘のうち、二女が舞の名手、三女が楽の名手のはず)

この二人は茉莉花と違い、特技を評価されて選ばれたのだろう。この二人の足をひっぱってはならないと気を引きしめる。

「皆、手元の資料を見てくれ。一応、どのような祭りなのかを軽く説明しておこう」

花市の発祥の地である南方の街には、三姉妹に関する逸話がある。

かつてその街は桃源郷とも呼ばれ、花の仙女が住んでいた。彼女の身の回りの世話をしていたのが三姉妹だ。

長女が美しい声で詩歌を朗読し、二女が舞を披露し、三女が楽器を鳴らせば、どんな季節でも花が咲いたという。

——元々は、ただこれだけの話である。

のちに白楼国で、花娘が咲かせた花を縁起物にして、触れると金運が上昇するという話がつけ加えられた。

「祭りの日の早朝、花娘たちは白虎神獣廟にお参りをし、祈りと舞と楽を奉納する。それが終われば馬車に乗って城下を回り、花をまく。最後は広場で長女が祈りを捧げたあと、供えられていた三本の花のうちの一本を二女に、もう一本を三女に渡し、二女はその花をもって舞い、三女は頭に飾ったまま楽器を演奏する」

茉莉花は説明を聞きながら、長女役でよかったと改めてほっとした。

花市の主役をやりたいわけではないけれど、だからといって舞や楽に自信があるわけでもない。

「花娘たちにはまず舞と楽の練習に励んでもらおう。先生、よろしく頼みます」

中銀の説明が終わると、端の席にいた四十歳ぐらいの女性が立ち上がる。

「典夏絹と申します。短い期間ですが、精いっぱいがんばりましょう」

花娘はこちらへ、と夏絹が指示を出す。

茉莉花もついていこうとしたのだけれど、商工会の人たちに引き止められた。

「今年は皇帝陛下が見物されるので、いくつか確認をしたいんですが……」

「はい」

皇帝はどこで見物するつもりなのか。いつごろくるのか。いつまでいるのか。馬車はどの経路で移動するのか。用意しておくものはあるのか。

細かな質問をされた茉莉花は、珀陽の従者と礼部の文官を交えてきちんとした話し合いの場をつくった方がいいと判断する。

「わたしだけでは判断できないものもありますので、担当者と近日中に話し合いができるようにしておきます」

「よろしくお願いします。舞台の設置方向についてですが、やはり陛下にとって見やすい角度に変更しようかと考えていまして……」

茉莉花は頭の中で城下町の広場を見下ろしてみた。

珀陽はおそらく広場の傍にある高級な宿の二階を貸し切り、そこから見物するつもりだろう。だとしたら、舞台は真南ではなくて少し西向きにつくっておけば、珀陽が見やすくなる。そして、警護の都合上、人々の見物できる場所にある程度の制限をかけるべきだ。

「警備の問題もありますので、話し合いには武官の責任者も呼びますね。……ああ、そうです。商工会の皆さんにお伝えしなければならないことが……」

茉莉花は今気づいたとばかりに懐から薄紅色の美しい紙を取り出して広げ、中身を確認する。

「今年は皇帝陛下も広場に飾るお花を用意したいそうです。詳しいことが決まったら、礼部の文官からまた正式にそのお話があるはずです」

「ありがたいことです。皇帝陛下によろしくお伝えください」

「わかりました」

ただの新人文官であれば、皇帝によろしく伝えるということは不可能だ。

しかし、茉莉花は皇帝の側近である。にこりと笑って引き受けることができる。

申銀は商工会長をしているだけあって、茉莉花の月長城での立ち位置というものを改めて実感したらしく、何度も頭を下げてきた。

「それでは、わたしは夏絹先生のところへ行きますね」

茉莉花が廊下に出たら、とある部屋から夏絹の声が聞こえてくる。そっと扉を開けて中に入った。

「失礼します。すみません、遅れました」

「大丈夫ですよ。そこの椅子に座ってください」

ここは練習用の部屋のようだ。既に楽譜や楽器が用意されていて、そして香綺と果温以外の少女もいた。

（この子たちは夏絹先生のお弟子さんで、勉強のためにきているのかな……？）

茉莉花は、周りの人にすみませんと小声で謝りながら、空いている椅子に座る。

「今日は、奉納舞の振り付けを覚えましょう。皆さん、これから毎日練習してくださいね」

茉莉花は後宮の女官だったときに琵琶と舞を教わっていた。

そのときの気持ちを思い出し、背筋を伸ばして夏絹の説明を聞く。

「奉納舞は鈴をもって舞います。鈴の音と楽を合わせなければならないので、二人の呼吸が合うかどうかが大事になります」

茉莉花は、やはり自分には舞も楽も無理だと改めて思った。長女役でよかったとこっそりほっとしていたら、夏絹の視線が茉莉花に向けられる。

「茉莉花さん。貴女も念のために舞と楽の練習に参加してください」

「わたしも……、ですか？」

「当日、なにが起こるかわかりません。代役も用意していますが、とっさに手を差し伸べられるのは近くにいる貴女です」

「……わかりました」

たしかに、こちらにとってちょうどいいところで大変なことが起きて、ちょうどよく代役と交代できるような展開になってくれるわけではない。夏絹の言う通り、茉莉花が花娘の二女と三女がなにをするのかを覚えておくことは大事だろう。

（うしろにいるのは夏絹先生のお弟子さんたちだと思っていたけれど……、代役の子たちなのね）

花娘に決まっても、当日までに怪我をするかもしれないし、病気になるかもしれない。文官の仕事も、『影』というなにかあったときの代役を必ず用意している。それと同じだ。

「果温さんは舞の練習に、香綺さんは楽の練習にも参加してください。貴女たちは互いを理解していく必要があります。呼吸を合わせるためにとても大事なことです」

茉莉花は、見ているだけでいいという考えを改め、果温と共に夏絹の言葉と動きに集中した。

「まずは手本を見せます。しっかり見ていてください」

夏絹が鈴をもち、三回鳴らしたあとにすっと手を伸ばす。

手首のしなり、柔らかい足運び、視線の使い方——……後宮の妓女のような美しい舞に茉莉花は見惚れてしまった。

そしてそれは香綺も果温も同じだったようだ。すごい……と身を乗り出している。

「以上です。……それでは振り付けを覚えていきましょう。私の前に並んで立つように」

夏絹の指示に従い、茉莉花たちは一列に並ぶ。

(今度は細かいところをしっかり見ておかないと)

夏絹がゆっくり振りを見せながら説明もしてくれた。ひと通り教わったあとは、夏絹を見ながら舞ってみることになる。

「まずは鈴を三回鳴らしてください」

全員が手にもった鈴を三回鳴らした。

しかし、茉莉花の鈴の音は夏絹のように軽やかな音にならない。

(このあとは……右手を伸ばして、指先から動かすようにぐるりと手首をひねり、一歩前に出てからゆっくり左へ半回転する)

茉莉花はもうこの振り付けを覚えている。けれどもそれだけだ。

身体が思うように動かなくて、皆から遅れたり、または慌てすぎて振り付けを省略してしまったりと、あまりにもみっともない舞になってしまった。

(香綺さんはすごいわ。もう完璧に近い)

二女役の香綺は、ひらりひらりと可憐な舞を見せていた。

今すぐ舞台に立てと言われても、立派にその役目を果たせるだろう。

「皆さん、踊ってみたことでどの部分を覚えていないかがはっきりしましたね。もう一度最初からゆっくりやってみますので、しっかり見ていてください」

香綺は手本の舞を見ながら共に舞い、自信のないところの確認をしている。

果温は動くよりも覚えることを優先して、手本をじっと見ている。

茉莉花は香綺と同じように、踊りながら細かい部分を確認しているように見せつつも、実際はただの練習をしていた。

（手も足も思うように動かない）

ここで指先に視線を向け、同時に足を横にずらすとわかっていても、どちらかの動きが遅れてしまう。

（でも……、わたしが舞を披露するわけではないし）

それだけが救いだ。しかし、必死になっている香綺たちの前で、やる気のない姿を見せるべきではない。後宮にいたときのように『真面目に練習している』をしよう。

「それでは今日の稽古は終わりにします。皆さん、家で復習をしておいてください」

「はい！」

荷物をまとめた者から部屋を出ていく。

茉莉花は端に置いておいた荷物を手に取ってから顔を上げた。

「香綺さん、お疲れさまでした」

「……あ、香綺さん！　お疲れさまでした！」

茉莉花が近くにいた香綺に声をかければ、離れたところにいた果温も慌てて香綺に挨拶をする。しかし、香綺は振り返らない。そのまま立ち去ってしまう。

（えぇっと……）

自分はいいけれど、伴奏をしてくれる果温を無視するのはあまりよくないのではないだろうか。先ほど、互いに理解すべきだと夏絹に言われたばかりのはずだ。

茉莉花が香綺を追いかけようかどうかを迷っていたら、不穏な声が廊下から聞こえてきた。

「ちょっと、その態度はなに？　挨拶ぐらいしなさいよ！」

「そっちこそ、その態度はなんなの。香綺に無視されて怒ったらしい。

どうやら代役の一人が、香綺に無視されて怒ったらしい。

そして、香綺はそれに苛立ち、真っ向から立ち向かった。

（誰か、……止めてくれそうな人はいないの……！）

茉莉花は周りを見てみたけれど、果温はおろおろしていて、他の代役の子たちはこの騒動を冷たい表情で聞いているだけだ。止める気配はない。

「礼儀も大事だと夏絹先生はいつも言っているわ。礼儀知らずの貴女が花娘になれるなんておかしいわよ」

「初対面の人に突っかかることが礼儀？」

香綺の言葉にかっとなった代役の子は、顔を真っ赤にする。

茉莉花は嫌な予感がして急いで廊下に出た。こういう勘は当たると決まっている。

「本当に失礼な人ね！」

代役の子の手がぱっと振り上げられた。茉莉花はなんとかその腕にしがみつく。

「落ち着いてください。ここで騒ぎを起こすのはよくありません。夏絹先生は礼儀を重んじる方ですから」

茉莉花は穏やかに微笑みかけ、このままでは貴女が注意される側になるということを遠回しに伝えた。

代役の子ははっとし、慌てて周りを見る。

茉莉花は大丈夫ですよと小声で言いながら、代役の子の肩をぽんと叩いた。

（香綺さんは……）

振り返ると、一瞬だけ香綺と目が合う。

香綺は余計なことをしないでと言いたそうにしながら茉莉花をきつい眼で見てきたあと、階段を降りていってしまった。

（夏絹先生に言っておいた方がいいのかしら。それとも様子見をしておく……？）

ここに夏絹の弟子はいないのかと周りを見てみたけれど、皆は茉莉花から慌てて視線を外す。

無理もない。茉莉花は『官吏』だ。彼女たちにとって、どう接したらいいのかわからない相手だろう。

とりあえず、先ほどの一件は自分の胸の中にしまっておくことにした。

茉莉花は下宿先の自分の部屋に戻った途端、椅子に身を預けた。

「疲れたわ……足が……」

久しぶりに舞の練習をしたので足が痛い。文官になってからあちこちに行くようになり、徒歩での移動も多かったので、かつてより足が丈夫になっている気がしていた。

けれども、踊りと徒歩は違うところに力を入れているらしく、妙なところが痛みを訴えてくる。

「でも、練習しておかないと……！」

次回までにそこそこにはしておかなければならない。

茉莉花ばかりが注意されていたら、他の人は練習に集中できなくなるだろう。

「香綺さんの舞はとても素敵だったな……」

花娘に選ばれただけあって、香綺はあの中で一番輝いていた。当日は傍でその素晴らしい舞を見物できる。とても楽しみだ。

「でも、あのままでいいのかしら……？」

後宮にいたころの茉莉花は、大きいものから小さいものまで色々な揉めごとを見てきた。そして、いつだってその揉めごとへ関わらないようにしてきた。それが後宮で生き残るための最善策だったのだ。

今回もできればそうしたい。しかし、茉莉花は花娘の顔となる長女で、花市には皇帝が見物にくる。香綺と果温の息が揃わなかったので、どうしようもない舞と楽になりました——……にするわけにはいかない。

「……とりあえず、香綺さんと果温さんをお茶に誘ってみましょう」

息を合わせるという作業はとても難しい。なぜかというと、練習で上手くいかないとどうしてもいらいらしてしまうからだ。それでもまあまあと相手をなだめてやったり、相手への不満の声をぐっと堪えるためには、『親しくなる』が大事である。

後宮で三人一組での曲を練習したときに、仲のいい組はどんどん上手くなっていったけれど、仲のよくない組はさらに険悪になっていった……という嫌な記憶を思い出してしまった。

「花娘を取りまとめる役は、香綺さんに任せてしまいたいけれど……」

秀でた人というのは、皆の面倒を見なさいと教師によく言われているので、まとめたりひっぱったりすることに慣れている。

ちなみに茉莉花は、そういう役割を任されたことはない。まとめ役になった人の指示におとなしく従うだけだった。

「でも……」

いつまでもそういう立ち位置にいられるわけではない。

早ければ数年後には部下がつき、なにかの仕事のまとめ役を任されるようになっているだろう。

指示を出すことにも、部下の士気を上げることにも、雰囲気をよくすることにも、今から慣れておかなければならない。

(今回は、同年代の女の子が二人……。最初の挑戦としてちょうどいいのかも)

香綺にできるだけ色々なことを任せたいと思っていたけれど、自分がもっと積極的に動いてみようかなと考えていたら、はっとした。

「もしかして陛下は……！」

茉莉花は新人文官で、まとめ役を任されるという場面になかなか恵まれない。

だから珀陽は、その機会を茉莉花に与えてくれたのかもしれない。

(誰かに任せたいと思ってしまったわたしは、やっぱり人の上へ立つことに向いていないけれど……）

ありがたい機会を頂いたのだから、自分なりにがんばってみようと気合を入れる。

「……よし！」

茉莉花は立ち上がり、最初から通して踊ってみた。

ここに大きな鏡がなくてよかったと思う。鏡を見たら我に返り、下手すぎることに落ちこんでしばらく立ち直れなかっただろう。

翌日、茉莉花は二つ目の見合いに挑んでいた。

そして、始まって早々に『曖昧な微笑みを浮かべる』という得意技を使った。

茉莉花がこれまでにしてきた見合いは、珀陽相手のごっこ遊びと、大虎と見合いのふりをしたという二つしかない。このような困り顔をする場面にはまだ遭遇していなかった。

「まあ、では茉莉花さんのご両親は地方にいらっしゃると」

「はい」

「苑家との縁組となれば、相手にもそれなりのものを求めたいですわ。その際には養子縁組をして、それから……ということになりそうですわね」

茉莉花はひたすら微笑む。隣にいる両親代わりの子星も同じように微笑んでいた。今だけは親族だと言えるほどに、茉莉花と子星の言動はとてもよく似ている。

(二人目の見合い相手は、皇后派の名門一家『苑』の当主の二男、苑翔景さん。……本人にやる気がなくて助かったわ)

翔景は最初に挨拶したあと、ずっと黙っていた。喋っているのは翔景の母親だけである。そして、大体のことは茉莉花の代わりに子星が答えてくれて、茉莉花はときどき個人的な部分を話すだけでよかった。

「結婚したら、お仕事を辞めて家庭に入るんでしょう？　それが女の幸せですからねぇ」

茉莉花としては、この程度のやりとりは想定済みだったので、愛想笑いをして終わらせるつもりだった。怒りも悲しみもわいてこない。

(帰ったら舞の練習をしないと)

そんなことを頭の片隅で考えていると、不意に翔景が口を開く。

「茉莉花さんの才能を家庭にとどめておくことは、この国にとって重大な損失ですよ」

「……翔景！　貴方、なにを言うんですか！」

「政にくちを出さないでください。貴女は家のことだけを考えていればいい」

「家のことを考えているから、こうして見合いを用意しているんですよ！　それをいつも余計なことだと言って、見合いを台なしにして……！」

——親子喧嘩が始まった。

　こうなったら部外者はなにも言わない方がいい。茉莉花と子星は、苦くなってきた茶を愛想笑いを浮かべながら静かに飲む。

「いい加減にしなさい！　これでは結婚できませんよ！」

「結婚する気はないとずっと言っているでしょう。何度言えば理解するんです？」

「強がるのもいい加減にしなさい！　その年で結婚をしていないなんて恥ずかしい！」

　うっと小さく子星が呻いた。翔景よりも年上でまだ結婚をしていなかった子星は、流れ矢に当たってしまったようだ。

　茉莉花は見て見ぬふりをしておく。こういうときは、下手に慰めると余計に傷ついてしまうこともある。

「まあまあ、翔景だって好みがあるだろうから……」

「貴方は黙っていてください！　長男ではないからいいだろうと翔景を甘やかしていたからこうなるんですよ！　前回のお見合いでも、隣の部屋の会話が気になると言って壁に耳をつけて盗み聞きをし始めて……どんな教育をしたのかとお相手のお母さまに呆れられ、私はとても恥ずかしかったんですからね！」

　もし茉莉花がそのような場面を目撃してしまったら、御史台の仕事に関わる大切な話が聞こえたのでしょうと、まずは翔景を庇うだろう。しかし、御史台の仕事というものを知らなかったり、苑翔景という官吏に詳しくない人にとっては、理解できない行動のはずだ。

「あなた！　一度ぐらい翔景をしっかり叱ってください！　父親が情けないから翔景もこんな風になってしまって……！」

ついに父親を巻きこんでの大喧嘩になる。

茉莉花は、苑家の人たちはもうこちらを意識していないだろうと判断し、左手を膝に置いたまま、指慣らし用の琵琶曲を弾き始めた。

ちらりと横を見てみれば、子星も膝の辺りでこっそり指で文字を書いている。どうやら詩歌をつくっているらしい。

「……お、お客さま、そろそろ若い方々にあとを任せた方が……」

ようやく我に返った翔景の母親は、こほんと咳払いをする。

見かねた店員がついに声をかけにきた。

「そうですね。二人で今後の話をゆっくりしなさい」

「はい。この見合いはなかったことに、という話をしますよ」

「翔景！」

父親がまあまあとなだめながら母親を強引に連れていく。子星は夫婦喧嘩に巻きこまれたくないと、夫婦とは逆の方向を選んで歩いて行った。

「騒がしくして申し訳ありません」

　翔景はそう言ったが、顔から反省というものは見られない。

　それでも茉莉花は、気にしていないですよと一応言っておく。

「翔景さんも大変ですね」

「子星さんには申し訳ないことをしました」

　翔景の声がわずかに沈んでいたので、そこは気にするのか……と苦笑した。

「子星さんは詩歌づくりにこっそり励んでいたので、気にしていないと思います」

「……なんと！　子星さんがここで!?」

「はい」

「どんな詩歌ですか!?」

「頭の中で考えていたみたいなので、完成したのかもよくわからないです……」

　なんてもったいないことを、と翔景は悔やみ始める。

「翔景さん。このお見合いですが、わたしに成立させる気はなくて……」

「安心してください。初めての顔合わせでここまで騒げば、誰だって破談になると思いますよ。ときどき、他の客が様子を見にきていたので、きっと噂にしてくれるでしょう」

　どうやら翔景は、破談になっても当然だという状況をわざとつくってくれたらしい。いや、もしかすると、毎回どうにか破談にするためにわざと両親を怒らせていたのかもしれない。心が強すぎる……と茉莉花は感心した。

「おそらく母からもう一度会ってくれと言われますが、返事はお好きにどうぞ。私との見合いを撒き餌に使いたいのならご自由に」

茉莉花はどきっとしてしまう。しかし、表情には出さないよう気をつけておく。

「撒き餌というのはどういう……」

「皇帝陛下は無駄なことを絶対にしません。茉莉花さんの見合いにも、別の意味をもたせようとするでしょう。たとえば、間諜のあぶり出しとか」

茉莉花は翔景の読みの正確さに驚きつつも、珀陽の許可がないので知らないふりを続けるしかなかった。

「官吏の監査をする御史台では、官吏の裏切り行為に気づいてしまうこともあります。間諜であれば、今とても話題になっている茉莉花さんに接近したいでしょう。そして茉莉花さんの人間関係を徹底的に探り、茉莉花さんの情報を得られる経路を探すはずです」

茉莉花は心の中で「お見事です」と翔景に告げた。

(陛下から任されたもう一つの任務。……間諜に撒き餌をすること)

翔景の言う通り、珀陽はちょうどいい機会だと思ったらしく、間諜のあぶり出しをすることにしたらしい。

しかし、間諜は見つけ次第すぐ捕まえるというわけではない。しばらくはそっとしておき、その間にどこと繋がっているかをじっくり確認していくのだ。そして、いざというときに致命的な偽の情報を流してもらう要員にもしておくのである。

間諜にとって気になる存在である茉莉花は、異なる小さな情報をばらまき、物覚えのよさを活用して『いつどこで誰に情報を与えたか』を全部把握しておくようにと言われた。どこまでその小さな情報が流れたのかを調べるのは、また別の人の仕事だ。

「そういえば、花娘に決まったそうですね。それもいい撒き餌になりそうですが……」

茉莉花が花娘をするのは仕事外のことであるという扱いなので、礼部尚書や親しい人にしかまだ知らせていない。

それでも既に知っていた翔景に、さすがだと感心した。

「花娘は馬車の上に乗って城下町に花をまく。……新たな角度から城下町を見られますね。私もできることなら花娘をしてみたかったです」

強すぎる心をもつ翔景は、女性に生まれたらという言葉を必要としていないらしい。

再びさすがだと茉莉花は感心しつつ、新たな角度というところに心が引かれた。

(花をまいているときの花娘は、視線の高さがいつもと違う……。高いところから見下ろしたときと、下から見上げるときでは、見えるものが変わる)

茉莉花は、横から見た光景を上から見た光景に直すことができる。しかし、実際に上から見ることができるのなら、そちらの方が間違いなく正確だ。

(もしかして陛下は、わたしが城下町づくりをしていることをご存じで、その手助けもしてくださった……？）

女性文官『晧茉莉花』の宣伝のために花娘をやらせよう。

これだけの話から、間諜のあぶり出し、茉莉花の上に立つ者としての練習の場の提供、そして城下町づくりの手助けもしている。

（既に一石四鳥……！）

皇帝は無駄を好まないと翔景は言っていたけれど、茉莉花としてはもっと適切な言葉があるような気がしてきた。

（強欲……いいえ、皇帝陛下にこのような言い方は……転んでもただでは起きないぐらいにしておかないと……！）

珀陽はなにもないところで転んだら、誰かが通りかかるまでそのまま待ちそうだ。一人で手ぶらで起き上がるようなことはしないだろう。妙なところで気が長い人である。

「茉莉花さんの城下町づくりはどこまで進んでいますか？」

「建物自体はあちこちを歩いてみたので完成に近づきつつあります。ですが、人の動きにどうしても違和感があって……。住む場所、職業、その辺りをもう少し細かく観察して精度を上げないと、なにかに利用するところまでいけません」

「では、今から城下町を歩いてみましょうか。助言できる箇所が色々あるでしょう」

「本当ですか⁉」

首都で生まれ育った翔景に城下町の解説をしてもらえるなんて、あまりにも贅沢だ。

茉莉花はわくわくしながら席を立つ。

「しかし、……これでは意気投合したように見えてしまいますね」

店を出たあと、翔景がちらりと周りを見る。どうやら人の眼を気にしているようだ。

茉莉花は穏やかに微笑みながら首を横に振った。

「周囲の方にこう伝えてください。『見合い相手に城下町の案内をした。住む場所による職業や生活の仕方の違い、その背景や歴史といったものを解説し続けた』と」

翔景が淡々とこの内容をくちにしたら、誰でも『見合い相手に文官教育をするな』と呆れてくれるだろう。

「……？　会話が盛り上がったように思われませんか？」

「わたしたちはこの話で盛り上がることができますが、一般的には盛り下がる内容なんです……」

このあと、茉莉花は翔景と城下町を歩き、とても実りのある時間を過ごすことができた。

街の拡張がいつ行われていたのか、地区の住人がいつ移り住んできたのか、かつての騒動の背景や、それによってどのような改革が行われたのか、それを元にどのような意識があるのか……翔景の解説はとても細かい。

「一度、商工会が分裂しているんです。その名残がこの辺りにありますね。運河をここまで延ばそうと主張する西地区と、別にこのままでもいいだろうという東地区による対立は、このあとも続き、取引先も巻きこんでいます」

「当時の取引先はわかりますか？」

「はい」

ただ見聞きしただけではここまで詳しくならないはずだ。調べて、人の話も聞く。そういう地道な積み重ねがある。

そもそも翔景は、眼に入るもの、耳に入るもの、それらすべてを頭の中でしっかり見直しているのだろう。

（翔景さんは本当にすごい……！）

茉莉花は翔景と大いに盛り上がったあと、下宿先まで送ってもらった。

「今日はありがとうございました……！」

素晴らしい夜になったことに感動しながら礼を言うと、翔景は「首都で生まれ育っていない方の視線に触れることができて、とても参考になりました」と言ってくれる。

それでは、と茉莉花は別れの挨拶をして門をくぐろうとしたのだけれど、翔景に呼び止められた。

「茉莉花さん、身の回りには気をつけてください。花市は、商工会の意地だとか商人同士の縄張り争いだとか、背後がやっかいです。かつては花娘の誘拐事件もありました。茉莉花さんを推したのは皇帝陛下なので、茉莉花さんに手を出して皇帝陛下を敵に回そうとする者はいないと思いますが、誰かの争いに巻きこまれる可能性はあります」

文官同士の足のひっぱり合い。商人同士の足のひっぱり合い。

人というのは、立場が変わってもすることは結局同じなのだろう。

――花娘の二回目の稽古日。

茉莉花はまず商工会の詰所へ行って、花市の打ち合わせの日程の相談をした。それから決めるべきことをまとめておいた紙を渡し、追加の相談があればここに記しておいてほしいと頼む。

「もしも花娘が素晴らしい舞や楽を披露できれば、のちほど陛下が月長城へお召しになるかもしれません」

「陛下が……!?」

月長城に呼ばれて皇帝の前で芸事を披露できたら、それはもうとても名誉なことだ。褒美を頂くことにでもなれば、末代まで自慢できるだろう。

（今後のことを考えると、商工会の人とは親しくなっておきたい……！）

茉莉花は、売れる恩は売っておくべきだということを学んでいる。

商工会の人たちに、茉莉花との繋がりがほしいと思わせるようなことを積極的にしておこう。

「花娘が花市をきっかけにして登城することになれば、今後の花市と花娘に箔がつくでしょう」

茉莉花はにこりと笑い、それではと立ち去った。

（次は……）

茉莉花が稽古場に行けば、空いている椅子が一つしかなかった。もう全員揃っているのだろう。香綺と果温以外の顔ぶれが違うので、きっと今日は楽の練習日だ。

果温に挨拶をしておこうと思ったとき、代役の子の一人が荷物を取りに行こうとして果温にぶつかった。いや、彼女はわざと果温にぶつかりにいったのだ。

「ごめんなさい！　前を見ていなくて！」

「大丈夫です」

果温はわざとらしい謝罪をした子に優しく返事をしていたけれど、自分の琵琶を抱えながら不安そうにちらちらと周りを見ていた。嫌がらせをされたことに気づいていて、またされるのではないかと思っているのだろう。

（小さな嫌がらせへの対処は、逆にしにくいのよね……）

香綺のように強く出たら、相手もより強く出てくるかもしれない。しかし、なにもしなかったらより陰湿になるかもしれない。

とりあえずあとで果温に声だけでもかけておこうと決めたとき、夏絹が入ってきた。

「それでは稽古を始めます。最初に花娘の皆さんは前回の復習をしておきましょう」

茉莉花たちはまず自主練習の成果を披露することになった。

教師の夏絹は見終わったあとに軽く頷き、香綺に声をかける。

「香綺さん、よくできています。あとは踊りこむだけでいいですね」

夏絹は満足そうにしていた。香綺も嬉しそうにする。

「茉莉花さんと果温さん、慣れないなりにきちんと覚えてきましたね。意欲があってとてもいいです。これから細かいところをしっかり覚えていきましょう」

遠回しにそう言われた茉莉花は、果温と共にがんばりますと頭を下げた。

覚えてはいる。しかし、上手くはない。

「今日は楽を覚えてもらいます。覚えてしまえば自主練習ができますので、各自しっかり練習しておくようにしてください。……果温さんは琵琶を得意としているので、今年は琵琶用の楽譜を用意しました」

夏絹は茉莉花と香綺を見る。

「お二人は、楽器を触った経験はありますか？」

「上手くはありませんが、琵琶を習っていました」

茉莉花の返事に、夏絹はわかりましたと言って琵琶の楽譜を渡してきた。

「私は……、楽譜の読み方は習ったのですが……」

香綺が申し訳なさそうに小さな声で答える。

「香綺さんは弦の押さえ方から覚えましょう。……では、まずは手本を聞かせます」

夏絹は広場で奏でられる曲を披露してくれた。

その琵琶の音色には深みがあり、達人の域に達している。

（あ……もしかしてこの方、元々は後宮の妓女……？）

茉莉花は行儀作法を習っていたときに琵琶の基礎を教えられ、後宮の女官になってからまた指導してもらうようになった。後宮では後宮式の琵琶の抱え方や撥のもち方を学んだけれど、夏絹も茉莉花と同じ後宮式だ。

「今から皆さんにこの曲を覚えてもらいます。果温さんはしばらく自主練習をしていてください」

「わかりました」

「茉莉花さんと香綺さんは、今から楽譜を見ながらゆっくり弾いていきましょう」

できない二人のために、夏絹は指の動かし方から教えてくれるようだ。

茉莉花はありがたいと思いつつ、用意された琵琶を抱えて楽譜を広げた。

（えぇっと……）

一応、楽譜は読める。どこの弦を押さえればいいのかもわかる。

しかし、茉莉花の指は器用に動いてくれない。舞と同じで、ひたすら練習するしかないのだ。

（『きちんと弾けるようになった』の先に『上手く弾ける』があるのよね）

茉莉花はちらりと果温を見てみた。彼女はただの指慣らしの曲だという顔で弾いている。素晴らしい腕前だ。

「まずは……三番目の弦を押さえて、そうです。……香綺さん、そこではありません。ここですよ」

『できない二人』と茉莉花はまとめてしまったけれど、どうやらできないなりに差が生まれるらしい。香綺につきっきりになってしまった夏絹は、茉莉花に「自主練習をしていてください」と言い出した。

（えぇっと、まずは楽譜を覚えないと）

茉莉花は下手なりに楽譜を見ながら一通り弾いて、それからは楽譜ではなく夏絹の手本の記憶に合わせて指を動かしていく。

しかし、理想通りの音はまったく出てくれなかった。自分の才能の限界というものを改めて知ると同時に、これまでと同じようにひたすら練習するしかないと思うと、ほんの少し安心してしまう。色々なことがどんどん変わっていくけれど、そもそものところはあまり変わっていないのだろう。

「……茉莉花さん。先に楽譜をもらっていたんですか？」

気づいたら、果温にじっと見つめられていた。茉莉花が話しかけられたことに驚いていると、果温の視線は返事を促すかのように茉莉花の楽譜に向けられる。

「さっき、楽譜を見ずに弾いていたので……」

「楽譜はここで初めて見せてもらいました。わたしは覚えることだけなら得意なんです」

「すごいですね。さすがは琵琶の経験者です」

このあと茉莉花は、果温からの視線をちらちらと感じるようになる。

最初こそは警戒に近いものだったけれど、段々と「覚えることしかできない人なんだ」という呆れまじりのものに変わっていった。

茉莉花はその通りですと苦笑するしかない。

（大丈夫。わたしは琵琶も舞も下手だから）

二人を脅（おびや）かすような存在にはなれない茉莉花は、自主練習を黙々と続ける。

「今日の稽古はここまでにしましょう。それぞれ自主練習に励んでください」

夏絹がぱんと手を叩（たた）き、終わりを告げた。

「お疲れさまでした」

「お疲れさまでした！」

皆が挨拶をして帰っていく中、茉莉花はよしと気合いを入れて果温に声をかけてみる。

「果温さん、次のお稽古の前にお茶でもどうですか？」

「いいですね。ちょっと一息も大事ですから」

おっとりとした果温は、茉莉花の提案に頷いてくれた。

茉莉花はほっとしつつ、次は香綺を誘ってみる。

「香綺さん、次のお稽古の前に三人で……」

「舞も琵琶も下手な人に、まとめ役みたいな顔をされたくないんですけれど。そんなことしていられるほど上手いんですか？」

香綺は強い口調で「行かない」とはっきり伝えてきた。

果温はそれに驚き……うつむく。

「すみません……。私、やっぱりやめておきます。もっと練習しますね……」

香綺の言葉に動揺した果温は、茉莉花に「お疲れさまでした」と早口で言うと、走って行ってしまった。

（香綺さんと果温さんが今すぐに仲よくなるのは難しいかも……）

いつもの茉莉花なら、人には相性があるからと言い、無理に仲よくさせることはない。

距離を置くことで、時間をじっくりかけることで、ようやく打ちとけることができる場合もある。

しかし、花市までの時間はそんなにあるわけではない。短い期間でどうにかしなければならない、と必死に考えた。

三人目の見合い相手は、武人一家として有名な黎家の跡取りである黎天河だ。

茉莉花は、皇帝から禁色の小物を頂いている武官の天河とは既に顔見知りで、一緒に飲みに行ったこともある仲である。

今更、互いのことを知りましょうという時間は必要ないけれど、それでも形式というものは大事なので、見合いはごく普通の流れで進んでいった。

「いやいや、山積みになっていた見合い用の巻物の一番上に置いたおかげだな！」

禁軍中央将軍である天河の祖父の天豪が豪快に笑う。

今回も茉莉花の両親代わりをしてくれている子星は、そうだったんですねと穏やかに笑っていた。

「茉莉花さんの文官の才能は生かすべきだ。結婚してもぜひ続けてもらいたい」

「おや、将軍にここまで言ってもらえるとは。茉莉花さん、天河は貴女の結婚相手としてなかなかですよ」

子星が面白がって天河を勧めてくる。

その天河はというと、ずっと黙っていた。どうやって会話に入ったらいいのかわからないという顔をしている。

下手なことをすると、天河は天豪と子星にからかわれてしまうので、黙ってしまうというのは賢い判断だ。しかし本人は、とても真面目になんとかして会話に入らなければならないと、心の中でずっと焦っているだろう。

「そろそろお若い二人でゆっくりと……」

食事が終わると、子星がお決まりの台詞をもち出す。

天豪もそうだなと言い、天河の肩をがっしりと摑んだ。

「くちうるさい老人は退散しよう。しっかりやれよ」

「え？　もしかして私も老人ですか？」

あははと笑い合いながら天豪と子星は立ち上がる。

先日の苑家相手の見合いとは違い、今回はとても和やかに、誰かが見ていたら上手くいっていると思ってしまうようなものになっていた。

二人が去っていくと、途端に部屋の中が一気に静かになる。

茉莉花は茶でも入れようと思い、立ち上がった。

「天河さん、お忙しいのにありがとうございました」

「いえ、陛下から話を聞いています。茉莉花さんこそ大変ですね」

天河に労られた茉莉花は、大丈夫ですよと微笑む。

「陛下からはどんなことを？」

「間諜のあぶり出しをしたいから、見合いをしているふりをして周囲を警戒してくれ……と」

「そうだったんですね」

茉莉花は余計な話をしないことにした。珀陽の指示は見事だ。天河は『これは国防に関わる仕事』と言われたら、冷静な判断をしてくれる。しかし、ただの時間稼ぎだから上手くやってと任されたら、どうしていいのかわからずにおろおろするだろう。

「それから、茉莉花さんが花娘をすることになったので、周囲に気をつけてほしいとも言われました。……何年か前に、花娘の誘拐事件や襲撃事件があったんです。なにか気になることがあれば遠慮なく相談してください」

「誘拐事件の話は聞いていましたが、襲撃事件もあったんですね」

「花娘が大怪我をしたら、代役を立てることになりますから。誘拐するよりもそちらの方が簡単でしょう」

茉莉花にとってはどちらも大変なことだ。

一応、文官の仕事で危険なことにも関わってきたために、誘拐と襲撃にどう備えたらいいのかはわかっている。これからは念のために、稽古のときに脱出用の工具をもって行こうかな……と思った。

「茉莉花さんは舞と楽のどちらを担当するんですか？」

「わたしは長女役なので、祈りを捧げるだけです。他の花娘になにかあったときのために、舞と楽の練習に参加だけはしています」

「それは大変ですね」

たしかに大変だけれど、基礎を習っていたおかげで、あとはそこそこになるよう努力するだけだ。問題は……。

「……天河さんには部下がいますよね」

「はい」

「気が合わない部下同士を仲よくさせようとしたことはありますか？」

男性同士、それも武官同士を仲よくさせる方法は、女性同士の場合にそのまま使えるわけではない。それでも参考になるかもしれない、と茉莉花は期待する。

「仲よくしろと言うことはありませんが、必要なことを言い合える関係になれと言うときはあります」

「言葉で頼むだけでもどうにかなりますか？」

「なりません。この言葉を届けるためには、言葉を聞いてもらえるほどの価値をもつ武官でなければなりません。たとえば、『強さ』は価値の一つですね」

武官であれば、強い者は尊敬の対象になるだろう。なるほどと茉莉花は頷いた。

「強くなくても、なにか秀でたものがあればいいんです。行軍日数の計算や兵糧の計算が正確にできるとか、手配と調整が上手いだとか……」

茉莉花は、自分に足りないものを改めて突きつけられる。

──舞も琵琶も下手な人に、まとめ役みたいな顔をされたくないんですけれど。

香綺は茉莉花を認めていない。茉莉花の舞か琵琶かのどちらかが上手ければ、話ぐらいは聞いてもらえただろう。

「あとは恩を売るとかですね。恩返しをしてくれる相手かどうかを見極める必要がありますが」

「……それはわかります」

金を貸しても返さない人はどこにでもいる。恩だってそうだ。

(香綺さんは恩返しをしてくれそうな人に見えるけれど……。もう少し話をしてみないと、はっきりしたことは言えないわ)

茉莉花にできそうなのは、この『恩を売る』という方法ぐらいだろう。しばらく経っても香綺と果温の距離が縮まらなかったら、どうにかして香綺に恩を売りつけなければならない。

「そろそろ出ましょうか」

あまり長く一緒にいたら、見合いが上手くいっているという噂が立ちそうだ。茉莉花が退出を促せば、天河は頷いた。

「天河さん、工部の人から首都の城壁の拡張工事をすると聞いたのですが……」

「こっちにもその話は届いています。運河の修復もついでにしてしまおうという話になっていて、準備だけはしていますね。ただ、首都防衛の観点からすると、運河からの荷下ろしをしやすくすることは最優先にできないでしょう」

今の荷下ろしの場所がどうとか、拡張工事の影響はどうとか、天河は武官の視点からの話をしてくれる。

茉莉花は、調整が大変そうですねと言いながら天河と共に店を出た。

（……店員さんは、お見合いが上手くいっているかどうかを気にしていた）

見合いを終えて店から出ていく武官が、見合い相手の女性に首都防衛の話をしている。

そんなところを目撃したら、「この見合いは成功しないな」と誰だって思うだろう。

茉莉花はそうなってほしくてわざわざ城壁の拡張工事の話題を出した。おそらくこの作戦は上手くいっただろう。

「下宿先まで送ります」

「よろしくお願いします」

天河がいつものように申し出てくれる。

先ほど茉莉花は、天河から花娘に関する事件を教えてもらったばかりだったので、ありがたくその気持ちを受け取ることにした。

天河がいてくれると周囲をそこまで警戒しなくていいので、茉莉花は自然と頭の中で色々なことを考えてしまう。

（舞と琵琶の練習、それから香綺さんと果温さんの関係を深めること。あとは……、珀陽さまのことも）

珀陽は茉莉花に新たな役目と仕事を与え、見合いを遠ざけるための計画に協力もしてくれた。特になにも思っていないように見えたけれど、それは珀陽の本心なのだろうか。

（そうだったらいいのだけれど……。本当にこのままでいいのかな……？）

珀陽が嫉妬していたら大変だ。けれども、大変だとしても嫉妬してもらいたいという気持ちが自分のどこかにあるような気がしている。

それなのにいつもの癖で被害者のようなふりをするなんて、あまりにもずるいのではないだろうか。

（わたしと陛下は、想いを伝え合っていても恋人同士ではない。この事実に甘えて、なにもしないままでいてもいいのかな……）

見合いに関しては、自分で対処しようとしている。

けれども、気持ちに関してはどうだろうか。

珀陽が怒っていたらなだめ、嫉妬していたら機嫌をとり、なにも思っていないのならなにもしない、という受け身の対処でいいのだろうか。

（わたしはいつも中途半端だわ）

舞と琵琶も、香綺と果温とのことも、それから珀陽のことも。

これまでずっと『そこそこ』を目指していた。そこそこは自分にできる精いっぱいだと思っていた。

――でも、『そこそこ』だから、中途半端になる。

自分は、様々なことにもっと全力を尽くすべきだったのではないだろうか。

（舞も琵琶も、香綺さんと果温さんのことも、珀陽さまのことも……全力を尽くす）

まずはそこからかもしれないと、茉莉花は覚悟を決める。

「……天河さん、すみません！　今から月長城へ行かなければならなくなりました！」

見合い相手が天河だから、とても失礼なことだとわかっていても言い出せた。

天河はこの見合いが仕事のうちだと思っている。きっと不快にさせるようなことにはならない。

「わかりました。それでは月長城まで送ります」

天河は、送っていく先が変わっただけという顔で言ってくれた。


もう夜遅い。茉莉花が珀陽の執務室を訪ねても、珀陽はいないだろう。

それでも茉莉花は珀陽に会いに行った。全力を尽くすということは、無駄が生じるのを覚悟するということでもある。

「……見張りの兵士もいなくなっている」

皇帝の執務室の前は静まり返っていた。中に誰もいない証拠だ。

茉莉花は禁色の小物を頂いた官吏なので、こんなときでも珀陽の従者に取次を頼めば、珀陽と面会できるだろう。

しかし、さすがにそこまでのことはできなかった。今からしようとしているのは、国を左右するような緊急の用事ではない。とても個人的なことだ。

「帰って舞と琵琶の練習をしましょう。……でもあともう少しだけ」

茉莉花は、かつて珀陽と話をしたことがある場所を見て回ってから帰ることにした。

一緒に木の陰に隠れたことがある庭。

内緒話をするときに使った建物と建物の間。

すれ違うことができた廊下。

静かにひとつひとつを確認していく。

けれども、珀陽はやはりどこにもいない。ようやく茉莉花は諦めることができた。

──恋物語の見せ場になりそうな奇跡なんて、自分には起こらない。

澄みきった夜空を見て白い息を吐き出したあと、正門に向かう。雪は降っていないけれど、空気がとても冷えていた。

帰宅後は身体をしっかり温めなければ……と思っていたら、淡く光るものが視界の端に入る。なんだろうかと足を止めた瞬間、息を呑んだ。

「陛下……」

池を渡るための橋の上に、月明かりに照らされている珀陽がいた。

あまりにも美しい光景に瞬きすらできないでいると、珀陽は茉莉花に気づいて驚いた顔をしたあと、嬉しそうに笑う。

「茉莉花」

珀陽がこっちと手招きをする。

茉莉花は慌てて足を動かした。

珀陽は場所を変えようかと言って、近くの木の陰に入る。ここはきちんとしっかり隠れられるような場所ではないけれど、それでも眼の前を通らなければ姿は見えない、そんなところだ。

「こんな偶然があるなんて思わなかったよ。今夜は天河と見合いをしていたはずだけれど、なにか忘れものでも？」

違う、と茉莉花は言いたかった。でも、声が上手く出せなかった。まだ驚いている最中なのかもしれない。

（この偶然は、わたしが諦めきれずに色々なところを見に行ったから生まれた……）

茉莉花が全力を尽くさなければ、珀陽と会えなかっただろう。

それでいいんだよと珀陽から言われた気がして、茉莉花は嬉しくなる。

「──わたしは、珀陽さまを捜しにきたんです」

珀陽は、出会えたのは本当にただの偶然だと思っていたようだ。瞬きを二度したあと、そうだったのかと微笑む。

「茉莉花が側近だと皆に認められたおかげで、個人的な話をこそこそとしていても、仕事上の密談に見えるからいいね」

「ええーっと……、そう……ですね」

ここは月長城で、人の眼があって、皇帝と文官として接しなければならない。

けれども仕事が終わったあとで、人の眼もなくて見えにくい場所にいる今なら、仕事以

外の話を少しだけしてもいいだろうと茉莉花は自分を励ました。

「なにか気になることでも？　冬虎との見合い中、ちらちらと私を見ていたから、話したいことがあるのかな、とは思っていた」

珀陽は茉莉花の気持ちをわかっていたけれど、知らないふりをしていたようだ。こうして茉莉花から言い出すのを待っていたのだろう。

やはり『そこそこ』ではこの会話にならなかった。だとしたら、遅くなったけれど、ここから全力を尽くすしかない。

「なにかわたしにしてほしいことはありますか？」

「今は大丈夫だよ」

「……珀陽さまとしてわたしにしてほしいことです」

機嫌をとってほしいのではありませんかとか、優しくしてほしいのではありませんかとか、茉莉花はそういう言い方を避けた。相手は皇帝だ。やはり失礼なことは言えない。

その辺りを相手に任せてしまうのはずるいけれど、いくら個人と個人の関係であっても、年上と年下、皇帝と文官という関係を完全になかったことにするのは不可能だ。

「なにもないよ、大丈夫」

そうですか、と茉莉花が引けば、話はここで終わる。

珀陽は大人だから『しかたない』を理解できるし、茉莉花はそれを尊重すべきだろう。

（でも、そうしたくない。全力を尽くすと決めたから……！）

いつも相手に任せている。それに合わせて行動している。

それはとても楽なやり方だ。そして、自分を守るためでもあった。

今だってそうしたいけれど、でも珀陽の本当の気持ちを零してもらえる人でありたいとも思っている。それが仕事についての弱音であっても、恋愛についての本音であってもだ。

「っ、……！」

勇気を出せ、と茉莉花は自分に言い聞かせた。

自分から踏み出さなければ後悔する。本気を出して人にぶつかろうとしないかつての自分のままでいることに、あとで泣きたくなるはずだ。

——大丈夫、わたしは全力を出せる……！

いつだって珀陽は一歩踏み出せとこの背中を押してくれた。

その期待に応えられる自分になりたい。

「……痴話喧嘩みたいなことをしましょう！」

今すべきことはなにか。

それを必死に考えた結果、茉莉花はこれしかないという結論を出した。

正直なところ、喧嘩は苦手だ。相手に意見をぶつけるのは怖い。ぶつけられるのも怖い。その前に上手く合意できる点をいつも探していた。

(でも、わたしは珀陽さまと本当に喧嘩をしたいわけではなくて……！)

強い言葉を使っているけれど、言いたいことを言いましょうというだけの話だ。自分たちはこのぐらいの強引なきっかけがないと、本音を言い合えないだろうと思ったから、言いやすい形をつくることにしただけである。

「痴話喧嘩みたいなこと……？」

「仲のいい友人同士の喧嘩を『痴話喧嘩みたいだ』と表現することがあります……！　わたしと珀陽さまの関係は『文官と皇帝』ですから、今からしようとするのはあくまでも『痴話喧嘩みたいなこと』です！」

茉莉花は慌てて言い訳をくちにした。

珀陽はそわそわしている茉莉花をじっと見つめ、痴話喧嘩という言葉を心の中でじっくり考え始める。

「痴話喧嘩か。そういえばしたことがないな」

「いいえ、痴話喧嘩みたいなこと、です……！」

茉莉花はすぐに訂正を入れた。建前というものは必要だ。

「してもいいけれど……、茉莉花はそれでいいのかな？」

珀陽はふっと笑う。

その微笑みからなにかの圧力を感じた茉莉花が思わず怯めば、珀陽の顔が近づいてきた。

「私は喧嘩で負けたことがないよ。言葉でも力でもね」

茉莉花は思わず眼をぎゅっとつむってしまう。やっぱりやめておきますと言いたいけれど、言うわけにはいかない。

「痴話喧嘩は、言葉や力ではなく、相手を想う気持ちが大きく関わってきます……！」

恋愛には、惚れた方が負けという言葉がある。恋愛の勝ち負けは、言葉で言いくるめたり力で押さえつけたりしたら勝てるというわけではないのだ。

「たしかにそうだね。そういう意味では、私は茉莉花に負けっぱなしだ」

「ええっ⁉」

勝ったつもりなんて一度もない、と茉莉花が驚いていれば、珀陽が声を弾ませる。

「よし、今回は私が勝とう。いいね、痴話喧嘩をしよう」

「痴話喧嘩みたいなことです……！」

茉莉花はすぐに訂正を入れた。

珀陽はそうだねと笑い、獲物をどう捉えようかと考えている肉食獣のような眼を見せてくる。

「好きな女の子に、お見合いの申し込みが多くきている。面白くないなぁ……と思っているよ。でもしかたないとも思っている」

「……はい」

「私の気持ちはこれだけ。茉莉花はこの件に関してなにも悪くない。だったら、私は自分の機嫌を自分でとるべきだ」

珀陽は、茉莉花にも理解できるごく普通のことを考え、結論を出していた。

この先をどうしていきたいのかは、茉莉花が考えなければならない。

（機嫌をとってほしいわけでもなく、愚痴を言いたいわけでもなく、慰めてほしいわけでもなく……。珀陽さまの中ではもう終わっている話。でも、わたしは珀陽さまの中だけで終わってほしくない）

とにかく、今の気持ちを伝えるところからだ。

「わたしは、珀陽さまになにかしたいと思っています」

「なにか……ねぇ」

珀陽が楽しそうに笑い、うんうんと頷く。

「なら、茉莉花に『なにか』してもらおうかな」

「あの……、少し時間をください。しっかり考えます」

珀陽は声を立てて笑いそうになってしまった。茉莉花の発言があまりにも真面目だったのだ。

珀陽としては、もうこの時点で茉莉花に負けているような気がしていたけれど、今はまだ気づかないふりをしておく。負けを認めるのは、全力を尽くしてからだ。

「……そうだ。こういう話がもっと何気なくできるように、なにか合図をつくろう」

「合図、ですか……？」

「気持ちの切り替えのね。ここまでは皇帝と文官、ここからは個人と個人。真面目な人はそういうものを使う方が切り替えやすいだろう。それに、茉莉花も声に出して『今からいいですか？』と尋ねるよりも、合図の方が気軽にできるはずだ」

茉莉花は、どうしても先に皇帝と文官という関係を意識してしまう。けれども、ときには自分から個人として話したいと思うこともある。

今日はなんとか勇気を出して自分から個人として話すことができたけれど、次は無理だと思ってしまうかもしれない。気安くそういうことができるように『合図』をつくるというのは、たしかにありがたい話だ。

「私は……そうだな。髪を耳にかけよう」

珀陽の美しくて長い指が、髪をすくって耳にかける。

茉莉花は何気ない仕草にさえもどきっとしてしまった。

「わたしは袖を直すふりをします」

こう、と茉莉花は指で袖口をそっと払う。他の人から見ると、しわをただ直したように見えるはずだ。

「たとえば私から合図を送っても、茉莉花が送り返さなければ、今は無理だという返事になることにしようか」

「わかりました」

気持ちの切り替えを言葉ではなく仕草で示す。

茉莉花が柔軟な発想をする珀陽に感動していると、珀陽は楽しそうに笑った。

「二人だけの合図っていいね」

「えっ……!? あ、……っ、そ、う……ですね」

茉莉花は、これはありなのかなしなのかをようやく考え始めた。

(気持ちの切り替えだからあり……? でも、秘密の恋人同士の『あとで会いましょう』の合図みたいなことになっていないかしら……!?)

いいのかなと悩んでいると、珀陽がくちを開く。

「『恋人同士の合図』ではなく『恋人同士の合図みたいなこと』だからいいんだよ」

先ほどの茉莉花の言葉が、珀陽にそのまま使われてしまう。

茉莉花はやっぱり駄目な気がしたけれど、『恋人同士の合図みたいなこと』の言い訳の甘さに負けてしまった。

下宿先に戻ってきた茉莉花は、火鉢で身体を温めながら琵琶を抱える。

（……わたしはいつだって、先生に叱られない程度にそこそこできればそれでよかった。でも、もっとがんばっておけばよかったわ）

後宮では、琵琶も舞も一流の先生に見てもらえていた。

芸術を極めて皇帝の目に留まりたいわけではないと思っていたけれど、考えが足りていなかっただろう。

芸は身を助ける。大虎が琵琶で人と仲よくなるように、玉霞が琵琶で客人をもてなしたように、言葉とは違う力をもっている。茉莉花は文官になったのだから、色々な選択肢を用意しておくべきだ。

（今からでも遅くない。また一流の先生に見てもらえているのだから、精いっぱいやってみよう）

恋も琵琶も舞も、今度こそ『そこそこ』にしたくない。

茉莉花は琵琶の弦を押さえる。さすがに夜遅いので、撥で実際に弦を弾くことはできないけれど、指の動きだけでも練習しておきたかった。

第二章

久しぶりに琵琶の練習をたくさんしたら、誰だって指先が痛くなる。そして、最悪の場合は爪がはがれる。

茉莉花は礼部で仕事をしながら、左手の指先の痛みに耐えていた。右手は変な方向に力を入れてしまっていたのか、手首が痛みを訴えてくる。

(夏絹先生が舞と琵琶を交互に教えてくださったのは、わたしたちの指先を気にしてのことだったのね)

琵琶を触ったことがない香綺はもっと大変だろう。指の痛みのせいで踊りに集中できなくなったら、また別の怪我をするかもしれない。

香綺に気をつけてねと声をかけたいけれど、言っても無視される気がする。彼女にこの気持ちを届けたいのなら、茉莉花は舞か琵琶のどちらかを香綺にわかるぐらい上手くならないといけない。

(あとは……)

珀陽のことも考えなければならなかった。

しかし、恋愛の経験が少なすぎる茉莉花は、どれだけ悩んでもこれだという答えが出せない。ならば誰かの意見を聞いてみようかと、相談相手を探してみる。

「春雪くん、今度の同期会だけれど……」

昼休み、茉莉花は春雪に話しかけに行った。同期会の話なんてないけれど、周囲の注目を集めている今は、春雪に用もなく話しかけると迷惑をかけてしまうかもしれない。そのため、一応言い訳をしておいたのだ。

春雪は一瞬だけ茉莉花をじろりとにらんだあと、「ああ、あれね」と知っているかのように軽い返事をしてから立ち上がった。

「……で、本題は？」

茉莉花と春雪は、珀陽との内緒話のときに使った建物と建物の間に移動する。

春雪は茉莉花にさっさと用件を言えと促した。

「恋愛相談をしたくて……」

「へぇ、そうなんだ。忙しいからまた今度」

じゃあね、と春雪はあっさり立ち去ろうとする。

茉莉花は慌てて春雪の腕にしがみついた。

「待って！　こんなこと、春雪くんにしか相談できなくて……！」

「あんた、後宮に友だちはいないわけ⁉」

「女の子は鋭いから……！」

「僕が鈍いって言いたいわけ⁉　あのねぇ、たとえ鈍くても、それはもう答えを言っているようなものなんだけれど⁉」

春雪は、茉莉花と珀陽の間になにかがあることだけは知っている。しかし、それ以上のことを考えないようにしていた。この二人の秘密の関係に巻きこまれたくない。

「今、わたしはお見合いを三つ抱えているんだけれど……」

「わ〜！　聞きたくない！」

「大丈夫、たとえばの話にするわ！」

「なにが大丈夫なわけ⁉」

春雪と茉莉花は、互いに小声で叫び合うという器用なことをしてしまう。

結局、春雪は茉莉花の相談内容を耳に入れてしまった。なぜかというと、片腕が拘束されて、両耳を塞げなかったからだ。茉莉花は引き止めるためではなく、両耳を塞がせないようにするために腕にしがみついてきたのだろう。

極悪非道な女だ……！　と春雪は身体を震わせる。

「好きな人がお見合いをすることになったら、普通は嫌な気持ちになるわよね」

「普通はね」

「そういうとき、好きな人にどうしてほしい……？」

春雪はなんとなく事情を察した。そして、無難な答えをくちにする。

「機嫌をとればいいんじゃないの？　貴方が一番ですとでも言えば？」

「相手はもう『しかたない』と納得していて、機嫌をとってほしいわけじゃないみたいなの。でも、わたしがなにかをしたくて……」

「……自己満足したいって話ね。あんた本当に被害者ぶるのが得意……いやいや、これはたとえばの話だった」

「そう、これはたとえばの話よ」

　うんうんと茉莉花が頷く。

「だったらやっぱり『貴方が一番好きです』って言うだけでいいと思うけれど？　好きな人からなら何回好きと言われても嬉しいだろうし」

「……そうなの？」

「普通はそうじゃない？　あんただって……そう、たとえばの話だけれど、たとえばね！　好きな人に好きって毎日言われたら嬉しくない？」

　茉莉花は、珀陽に告白されたときのことを思い出す。あれが毎日……と考え、顔を赤くしてしまった。

「じゃあ僕はこれで！　命が惜しい！　仕事しないと！」

　春雪は、恋する乙女としか言いようがない茉莉花の反応を見て、絶対に見てはいけないものだったと焦る。

「そ、そうね！　あ、春雪くんが恋に悩むことがあったら、今度はわたしが力になるわ。いつでも相談して」

　茉莉花がお礼をしたいと申し出れば、春雪は眼を細めた。

「絶っ対にしない」

　はっきり断られた茉莉花は、でもねと首をかしげる。

「女の子の気持ちは、女の子の方がわかると思うし……」

「あんたになにか相談することがあるとしたら、むかつく上司の殺し方だよ。完全犯罪にするにはどうしたらって訊くことはあるかもね」

　人殺しの相談をされた茉莉花は、急いでその状況を想像してみた。

　おそらく事件現場は月長城だろう。人が少ない夜を選ぶはずだ。夜間の警備の体制や、証拠隠滅をどうするかも考えなければならない。

「完全犯罪……。春雪くん、考えてみたけれど、それは無理よ。自首しましょう。まだわたしは月長城づくりをしていないの。城下町での殺人ならどうにかできるかもしれないけれど……。大丈夫、わたしもついていくから……！」

「たとえばの話！　なんでもう僕が上司を殺したことになってるわけ!?」

「そうね。これからの話だったわ」

「だから、たとえばの話！　これからもない！」

真面目に考えられてしまった春雪は、頭が痛くなってきた。

「僕はもう行くから！」

「待って！　子星さんにお願いしたいことがあって手紙を書いたのだけれど、渡してもらってもいいかしら」

「自分で行けば？」

「用件だけは早く伝えておきたくて……。あとでまた行きます、と伝えてくれる？」

春雪はため息をつきながら茉莉花の手紙を受け取る。

茉莉花はありがとうと言ったあと、春雪と共にきょろきょろしながらこっそり廊下に出た。そこから春雪は駆け足で、茉莉花はゆっくりと、違う廊下を使ってそれぞれの仕事部屋に向かう。

（春雪くんのおかげで少しわかった気がする）

好きな人には、自分が言いたいから想いを伝える。それが大事なのだ。

しかし、今の状況ではどうしても機嫌をとろうとしているように思えるだろうし、それは珀陽にとって好ましいものではないだろう。

「恋愛は難しいのね」

茉莉花は、誤解されない気持ちの伝え方というものを考えることにした。

茉莉花は、仕事が終わってから花娘の稽古へ向かう。

三回目の稽古となる今日は、舞の練習日だ。

「今日は細かいところを丁寧に見ていきましょう」

夏絹は皆の舞を見たあと、手の角度はこう、速さはこう、歩幅はこう……と細かい指導をしていく。

一度見ただけで覚えることができる茉莉花は、あとは言われた通りにできるようになるまで練習を繰り返すだけなのに、これがとても難しい。

(先生がいて、指導を受ける。……今まで何気なくその指導を受け取っていたけれど、上に立つ側である夏絹先生の指導のやり方もしっかり見ておきたい)

舞を習っている自分と、指導の方法を見る自分。

稽古の時間はあまりにも忙しい。頭も身体も常に動かさなければならない。

「今日はこれで終わりにします。各自、課題がはっきりしてきましたので、次回からは琵琶と舞を一緒にやっていきましょう」

ここからは自主練習の時間だ。

夏絹が皆に残って練習してもいいと言ったので、茉莉花も残ることにした。

(帰る人はいないみたい)

みんな必死だ。香綺や果温は花娘の役を奪われたくないし、代役の子たちは香綺や果温から花娘を奪いたい。

皇帝の推薦によって長女役を務めることになった茉莉花だけは、その争いから外れている。

(だからといって、もうそこそこで終わらせたくはない)

茉莉花は端の方で琵琶を抱えた。

下宿先では夜になるとどうしても弦を押さえる練習しかできないので、ここで実際に音を鳴らしておきたい。

指の動きを完璧に覚えている茉莉花は、琵琶を鳴らしながら香綺と果温の練習をそっと見てみた。

(すごい！　もう仕上がっている！)

茉莉花はいつも仕事終わりに稽古場へきていたけれど、おそらくそれは茉莉花に合わせての稽古時間だったのだ。二人は別の時間にも夏絹の指導を受けていたのだろう。

後宮で素晴らしい舞を見て、素晴らしい音色を聞いていた茉莉花は、二人は皆から褒め称えられるべき力をもっていることがわかった。

（まるで後宮の妓女のような……。……ああ、この二人は後宮の妓女を目指しているのかもしれない）

ここまでの技術があれば、それを捨てるという道をためらうはずだ。

もしかすると、花娘というのは、後宮に入る経路の一つなのかもしれない。見事な舞や楽を披露できたら、妓女試験のための推薦状をもらえるのかもしれない。

（だとしたら、翔景さんや天河さんが言っていた誘拐や襲撃の意味も理解できる）

香綺や果温が花市に出られなくなれば、代役が出られるようになる。

本番が終わるまでとても危険な状態にあるこの二人を、どうにかして守りきりたい。

「茉莉花さん、少しいいですか？」

「はい」

皆の自主練習の様子を見守っていた夏絹が、茉莉花に声をかけてきた。

茉莉花は、気になるところでもあったのだろうかと、琵琶から手を離して背筋を伸ばして注意を受ける姿勢をとる。しかし、夏絹は違う話を始めた。

「陛下が花市で披露される舞や楽をお気に召せば、改めて御前で披露しろと所望されるかもしれないという話を聞きました。そのときに備え、あの二人に今から別の曲を練習させておこうと思っています。……陛下はどのような曲を好んでいらっしゃいますか？」

商工会の人に恩を売るためにこっそり伝えておいた話が、夏絹にも届いたのだろう。

茉莉花は穏やかに微笑みながら、そうですね……と首をかしげた。

「陛下は季節に合わせた曲や舞を所望する方です。花市の見物のあとなので、おそらく花に関する演目を求められると思います」

「花に関する演目……わかりました」

今、夏絹の頭の中では、皇帝に献上できるような難しくて華やかな曲がいくつも思い浮かんでいるだろう。

（……そうだった。この話も利用するつもりだったのよね）

茉莉花は、自分の荷物の中に入っている薄い青色の紙のことを思い出す。

この紙には、皇帝が好みそうな曲の一覧が書かれている。

荷物が探られるかもしれないので、逆にそれを利用し、曲の一覧をいちいち書き換えておくつもりだ。これも撒き餌の一つである。

（やることが多い……！）

茉莉花は琵琶を弾きながら、この場にいる人の顔を丁寧に確認しておいた。

「お疲れさまでした」

「お疲れさまでした！」

自主練習の時間が終わると、皆が出ていく。

茉莉花も自分の荷物を手に取り、扉に手をかけた。

「お疲れさまでした」

振り返って丁寧に頭を下げたけれど、茉莉花に反応する人はいない。無視されているという空気ではない。伝わってくるのは戸惑いだ。

（文官だけれど、稽古の時間は文官として扱わなくてもいい……。普通は困るわよね）

わたしは文官ですからと言ってすましていた方が、皆は助かっただろう。

しかし、仕事の時間ではないときにそのような態度でいるのはどうか……と思ってしまったのだ。

「…………」

茉莉花があれこれと考えている間に、香綺が荷物をまとめてさっと立ち上がった。黙って出ていくその姿を、代役の子たちはじっと見ている。

（わたしのことは一度置いておきましょう。まずは香綺さんと果温さんをしっかり見ておかないと）

茉莉花は、自分も他の花娘も問題ばかりだ、と肩を落とした。

茉莉花のやるべきことは、礼部での仕事や、間諜のあぶり出しや、花娘のための稽古だけではない。時間稼ぎのための見合いもする必要がある。

大虎は、話が弾まなくてどうにも乗り気になれない、と珀陽を通じて淑太上皇后に見合いについての報告をしたけれど、もう一度会ってみてはどうかと珀陽が勧めた――……ということになったらしい。

二回目は、茶と菓子を楽しみながらのお喋りをすることになった。

しかし、大虎と茉莉花は既に友人という関係である。趣味や特技は、という話はもう終わったあとなので、のんびり世間話をして楽しんだ。

「へぇ！　茉莉花さんも舞と琵琶の練習をすることになったんだ！」

「はい。琵琶をちょっと聞いてもらってもいいでしょうか」

茉莉花はもってきた琵琶を抱え、弦を押さえる。ぎこちない手つきで、撥と指を動かしていった。

「う〜ん……」

茉莉花のこれまでの最高評価は「楽譜通りに弾けている」だ。

大虎はそんな茉莉花の琵琶の音色を聞いたあと、しばらく考えこむ。

「なんか、褒めるとか褒めないとか、助言するとかしないとか、そういう問題じゃないんだよね。楽譜を覚えていて、きちんとその通りに弾こうとしていて、妙な癖があるわけでもなく……。だったらあとはひたすら練習しましょうとしか言えないな」

「おっしゃる通りです」

茉莉花はありがとうございますと頭を下げた。

「琵琶なら茉莉花さんに教えることができると思ったけれど、難しいものだね。本人のやる気次第の段階まで茉莉花さんはきちんともっていくし、そうなると本人が悩まない限り言えることはないし」

「きっとあとで色々悩むと思うので、そのときはよろしくお願いします」

夏絹や大虎のおかげで、茉莉花は素晴らしい手本に困っていない。この先は、どれだけ練習する時間を取れるかどうかだろう。

「以前の茉莉花さんは僕の前で弾くのを嫌がっていたけれど、今日はあっさり弾いたよね。なにか心境の変化でも？」

「はい。今まで下手なことが恥ずかしかったのですが、そうやって弾くのを避けていたせいで、経験者なのに下手だという情けないことになってしまいました。ありがたいことに、素晴らしい方にご指導いただける機会をまた得ることになったので、今度こそもっと真剣に全力で取り組もうと思ったんです」

茉莉花の言葉に、大虎はため息をつく。

「真面目だ……。僕は御史台の仕事にそこまで真剣になれない」

「大虎さんは琵琶を弾くことに対してとても真面目ですし、人の悩みにもとても真面目に向き合ってくれる素敵な方ですよ」

「わぁ……！　茉莉花さんって本当に優しくて前向きな真面目な人だ！　そういうところ本当にいいなぁ」

大虎がうんうんと嬉しそうにしている。

茉莉花は、真面目にも種類があるのだろうかと首をかしげてしまった。

「他にどんな真面目があるんですか？」

「世の中には、根暗で前向きな真面目っていうのがあってね……。もうどうすることもできないっていうか……。茉莉花さんは今のままの素敵な人でいてね！」

人間としても官吏としても未熟な自分を『素敵』と言ってくれる大虎に、茉莉花は感謝した。

「あの、折角なので、他の助言も頂いてもいいでしょうか」

「いくらでもどうぞ」

「舞の演奏をしたことはありますか？」

「あるある。酔うと踊り出す人ってどこにでもいるからさ、適当に合わせて弾くよ」

大虎は、自分が主役になる演奏も、誰かに合わせる演奏も、どちらも経験しているらしい。おまけに、初対面の人であっても楽しく合わせることができるようだ。

（わたしはどれだけ努力してもこの境地にたどり着けないわ……！）

茉莉花は「すごい……！」と大虎の能力に感動した。

「舞い手とはどうやって呼吸を合わせていますか？」

香綺と果温の仲がよくなっていけば、自然に呼吸を合わせられるようになるだろう。しかし、今のままでは自然には難しいかもしれない。一応、どうなってもいいように、別の方法も知っておきたかった。

（二人とも、とても素晴らしい舞い手と弾き手だもの……！）

今までの努力の成果を皇帝の前で披露できる機会なんて、二度とないかもしれない。

茉莉花は二人を全力で応援するつもりだ。

「それはね、上手い方が下手な方に合わせるんだよ。どのぐらいの速さにするのかとか、間違えられたら一呼吸置くとか、できる方が配慮すべきだと思う」

想定外の答えが返ってきて、茉莉花は驚いてしまった。

足をひっぱらないように下手な方が努力して相手に合わせるべきだ、と思っていたのだ。

「大舞台で披露する演目でも、上手い方が合わせるべきですか？」

「難しいことに挑戦してばらばらになってみっともないものになるよりも、そこそこぐらいを目標にして、きちんと合わせる方がいいんじゃないかな」

そこそこでは駄目だ。全力を尽くすべきだ。

茉莉花はそう思っていたのに、大虎は真逆なことを言い出した。

「……茉莉花さんって本当に真面目だよねぇ」

「え？　そうですか？」

茉莉花は自分のやってきたことを振り返る。

（そこそこでいいと諦めることも多かったけれど……）

琵琶も舞も怒られなければそれでいいと思っていたし、女官のときは仕事に全力を尽くして有能だと思われることよりも、皆から浮かないようにすることばかりを考えていた。

努力は勿論した。でも、成果が出たらそこで終わりにした。やるべきことは多かったし、その先に行く気もなかったのだ。

「普通はさ、花娘になれてやった〜！　って浮かれたり、お見合いをいっぱい申しこまれてどうしよう〜！　って喜んだりする場面だと思うよ」

「あ……」

たしかに今の茉莉花は、乙女の憧れのような状況になっている。けれども、花娘になることには珀陽から五つの意味をもたされていた。そして、それが乙女の憧れからあまりにも遠いので、五つの意味ばかりに気を取られていたのだ。

「きっと茉莉花さんって、恋愛も真面目にする人だよね」

茉莉花は大虎の指摘にどきっとしてしまう。

しかし、それを表情に出すことなく、雑談にただ応じているという演技をした。

「恋愛の仕方にも種類があるんですか？」

「あるよ～。恋愛って楽しいものだよ。茉莉花さんも楽しんでみたら？　まあ、相手によると思うけれど。……で、どんな人？」

大虎に明るく尋ねられたので、茉莉花は微笑みながら答えた。

「そうですね。自分なりに恋愛を楽しんでみようと思います」

さらりと流されてしまった大虎は、「手強い～！」となった。

「ちなみに大虎さんは、痴話喧嘩というものを楽しめますか？」

「痴話喧嘩？　喧嘩の内容にもよるかなぁ。好きな子の嫉妬は嬉しいかも」

「嬉しい……？」

「嫉妬で怒っている顔も可愛いって思っちゃう」

その発想はなかったと、茉莉花は衝撃を受ける。

しかし、珀陽を可愛いと思えるだろうか。どちらかというと嫉妬した珀陽は恐ろしい。

「家の問題で別れる別れないの話になったときとか、すごく真面目な話で喧嘩したときは、そんな余裕はないだろうけれどね」

「余裕……、……あ、なんとなくわかってきました」

大虎のおかげで、楽しめるかどうかの基準がようやく見えてきた。

茉莉花の見合い話に関しては、どうにかする方法がいくつもあるし、これがきっかけで珀陽との恋を諦めるという展開になるわけではない。

茉莉花も珀陽も、そのことは自信をもって言える。

（最悪の展開にならないとわかっているから楽しめるんだわ）

これは結論が出ている話だ。だったら、その部分については悩まなくていい。つまり、大虎の言う通り余裕がある喧嘩なのだ。

（……少し気が楽になったかも）

茉莉花は恋愛というものが初めてで、なにかあるたびに足を止めて考えてしまう。そんな自分を見た珀陽は、面倒臭いと思っていないだろうかと心配し——……そうでもなさそうだと開き直った。

（陛下は思い悩むわたしを見て楽しんでいるはず）

珀陽のように恋愛にも余裕をもてる人がうらやましい……と、茉莉花は拗ねた気持ちを抱いてしまった。

「余裕というのは大事ですね」

「でも、つくろうと思ってつくれるものじゃないよね」

「はい。……花娘であることを楽しむのは、もう少し余裕がないと無理そうです」

茉莉花が舞や琵琶を得意としていたら、香綺は茉莉花の話を聞こうと思ってくれただろうし、二人と仲よくなれただろうし、茉莉花は晴れ舞台をただ楽しむことができるだろう。

つまり、もっと努力すべきだという話である。

「あ、そうそう、花市のときは大虎としてこっそり見にいくつもりだから！　もし道で見かけたら、僕に向かって花を投げてね」

「わかりました。がんばりますね。でも、緊張していると思うので、もしかしたらいらっしゃっても気づかないかもしれませんが……」

「茉莉花さんなら大丈夫だよ。そろそろ解散しようか」

長く一緒にいて話が弾んだと思われたら面倒だ。

店を出たあと、茉莉花は大虎に送るよと言われたけれど、その申し出を断る。

「まだ皆さんが稽古をしていると思いますので、途中からになりますが参加してきます」

「うわ〜、真面目だ……。僕なら休むよ」

そんな話をしたあと、では……と別れようとしたとき、大虎がふと茉莉花を呼び止めた。

「茉莉花さん。花娘なんだけれど、他の子の嫉妬には気をつけて」

「あ……、そうですね」

「毎年、花娘の服が汚されたり、楽譜が破かれたりとか、そういう話を城下町で必ず聞くんだ。犯人は結局見つからない。……見つからない程度の嫌がらせしかしないから」

誘拐事件になれば、警備隊や武官が出てくる。

しかし、ささやかな嫌がらせであれば、気をつけてくださいねで終わってしまうのだ。

「大丈夫です。見つからない程度の嫌がらせに関しては、得意分野ですから」

後宮にいたころ、様々な嫌がらせを見てきた。その対応策も知っている。

任せてくださいと胸を張る茉莉花を見て、大虎がなんとも言えない表情になっていた。

「わたしはどちらかというと、皆さんから距離を置かれている方でして……」

「あ、そっちかぁ。でも、その子たちの気持ちもわかるんだよね。文官にどう接したらいいか、普通の子ならわからないし。だからね、茉莉花さんから積極的に話しかけてあげよう！」

大虎ならこの見えない壁をあっさり乗り越えるんだろうな、と茉莉花は思う。

（……うん。大虎さんというお手本があるんだから、わたしもやってみよう）

気さくに自分から話しかけることは、仲よくなるための第一歩のはずだ。

茉莉花はよしと気合を入れて、足早にいつもの稽古場へ向かった。

「今日はこれで終わります」

夏絹が稽古の終わりを告げたそのとき、茉莉花は稽古場に滑りこむ。

自主練習だけでもしておきたくて、琵琶を取り出した。

「……あの、茉莉花さんは今までお仕事だったんですか？」

すると、代役の子の一人が、茉莉花にそっと話しかけてきた。

茉莉花は驚きながらも、笑顔で答える。

「今日は別件でしたが、いつもは仕事終わりにきています」

「官吏のお仕事は大変だと聞いています！　すごいですね……！」

わぁ、とわざとらしいほど茉莉花は褒められてしまった。この子の態度が突然変わったということは、きっと親からなにか言われたのだろう。もしくは、茉莉花になにかの決定権があると誤解したのかもしれない。

「今度、月長城のお話を聞かせてくれませんか？」

「かまいませんよ」

茉莉花は勇気を出した少女の誘いを断れるはずもなく、優しく微笑む。

しかし、近くにいた香綺がそのやりとりに苛立ちを見せた。

「自主練習しないのなら帰ってくれませんか？　真面目にやっている人の邪魔です」

稽古場の空気が一気にぴりっとする。

茉莉花の視界の端にいた果温も、どうしようという顔をしていた。

このままにしておくと、皆が練習に集中できなくなるかもしれない。それは駄目だ。

茉莉花は、この場を落ち着かせるための言葉をくちにした。

「すみません。気をつけますね」

香綺に申し訳ないという顔をしっかり見せたあと、話しかけてくれた子にとても小さな声で「またあとで」と伝える。

茉莉花はすぐに琵琶を構え、弦を撥で弾いて音を鳴らした。これでもう香綺は文句を言えないはずだ。

練習前と、それから自主練習後。他の人と会話をする機会はそこだけにしておこうと決めて、茉莉花は琵琶を弾き続けた。

「お疲れさまでした」

「お疲れさまでした〜」

自主練習の時間が終われば、皆は稽古場から出ていく。

茉莉花は片付けをしたあと、香綺と果温を視界に入れておいた。今のところは、誰かと衝突（しょうとつ）するようなことはなさそうだ。

「……」

香綺が黙って稽古場から出ていく。そのあと、果温もそろりと立ち上がり、小さな声で「お疲れさまです」と言ってから出ていった。

茉莉花も挨拶をしてから廊下に出る。

「……あの、茉莉花さん」

階段の手前のところに果温が立っていて、声をかけてきた。

茉莉花は驚きながらもそれを隠し、果温に慌てて駆けよる。

「さっき、茉莉花さんはなにも悪くなかったと思います……。話しかけられただけなのに……」

果温は、自主練習が始まったときの揉めごとを気にしていたのだろう。

止めるべきだったのに止められなかった、と思っているのかもしれない。

「わたしは香綺さんのようにはっきり言ってもらえると、どこを直したらいいのかわかりやすいので、とてもありがたいです」

茉莉花は気にしないでくださいね、と果温に微笑む。

「でも、果温さんに優しい言葉をかけてもらえて嬉しかったです。今晩、落ちこまずにすみそうです。ありがとうございます」

果温にとって、茉莉花に自分から声をかけるというのは、とても勇気がいることだっただろう。それだけ心配してくれたのだ。

「それではまた」

茉莉花は階段を先に降りていく。

残された果温は、荷物を抱えている腕にぎゅっと力をこめた。

「——強くて優しい人って本当にいるんだ」

美人で、琵琶も舞もそれなりにできて、文官になれるほどの秀才。

すごいなぁ……と果温は思わず声に出してしまった。

茉莉花は夕方、白虎神獣廟にお参りをし、そこから城下町を眺めてみた。

（街づくりの完成までもう少し）

花娘を任されたことで、今まであまり交流してこなかった人たちと話す機会が増えている。頭の中の街を歩く人々が、よりそれらしくなってきた。

異国に行って色々なことを学んだ。だからこそ、以前とはまた違った目線でこの国の首都を見ることができている。

——商工会の人たち。

——後宮入りを夢見る少女たち。

——教師をして生計を立てている元妓女。

——嫉妬して足をひっぱろうとする商人や少女たち。

街というのは、ひとりひとり違う人間が集まってできている。

だからこそどんどん変わっていくのだ。きっと、茉莉花が街づくりをしている間にも変わっていくだろう。

「なにかが足りない気がするわ。……でも、そろそろ切り上げないと」

今日は稽古の前に衣装合わせがある。

花娘に実力で選ばれていたら、一番わくわくできる作業なのかもしれない。

茉莉花は皇帝の推薦によって花娘になったので、どうしても申し訳ないという気持ちが先にきてしまうけれど、やるべきことはしっかりやろう。

「失礼します」

稽古場に入れば、いつもと違って色とりどりの布が並べられ、美しくて繊細な宝飾品もあちこちに置かれていた。

女の子の夢を詰めこんだかのような光景に圧倒されてしまう。

「これらはすべて商工会が用意したものです。上衣は揃いの形にしますが、色は本人が自由に選んでいいんですよ」

商工会の会長である洋申銀がにこにこしながら教えてくれる。

茉莉花は、どれも素晴らしいですねと言いながら、香綺と果温がなにを選ぶのかを見守った。

(二人が選ばなかった色にしようかな。わたしは特にこだわっていないから)

香綺も果温も、眼を輝かせながらどうしようと嬉しそうに迷っている。

自分の好みと自分に似合うかはまた違うので、鏡を見ながら、そして全体の調和がとれているかも確認していた。

（香綺さんは深みのある紺色を選んだ……。顔立ちがはっきりしているから、よりその美しさが際立つわ。果温さんは優しい薄紅色を選んだ。これも雰囲気に合っている。二人の間に立つわたしは……藤色にしようかな）

　自分の顔立ちだと、大きくて華やかな花がついている歩揺よりも、小さな花を組み合わせた歩揺の方が似合うだろう。

　茉莉花はそんなことを考えながら歩揺をじっと見ていたのだけれど、ふとあることを思いついた。

（花市は『皓茉莉花』を宣伝する場。禁色を使った歩揺をつけた方がいいのかも）

　三人の花娘が並んでいるときに、人々はどの娘が誰なのかを考えるだろう。

　茉莉花が紫水晶でつくられた歩揺をつけておけば、女性文官が誰なのかを一目でわかってもらえる。

（きっと注目される。……苦手だけれど、それが目的だからがんばらないと）

　色々なことを考えながら上衣用の布地を見ていく。

　藤色に近いものが三種類用意されていたので、どれにしようかと生地をじっくり観察した。

（わたしの身につけているものが流行るかもしれないから……）

　手触りがよいもの。艶があるもの。薄くて模様があるもの。

茉莉花は薄いものを手に取ってみた。今は冬だけれど、これから流行るのなら春に合わせた布の方がいいだろう。

暖かい赤奏国や叉羅国では、薄布の種類が豊富だ。白楼国も負けないように種類を増やしていってほしい。

「これはどこの商会のものですか？」

茉莉花が中銀に問えば、中銀はつけられていた札を確認する。

「それは首都の商工会に属していないところのものですね。南の……諸州の商人がもってきたものです。ちょうど昨日、買い取ったんですよ」

「まぁ、そうだったんですね」

商工会に属していない商人……つまり首都で代々商売をしている家の生まれではない人は、首都に店をもつことができない。どうしても首都で売りたいものがあるのなら、商工会に属している商人に買い取ってもらうしかないのだ。

（でも、誰だって直接商売をしたいわよね）

茉莉花はそんなことを思いながら、薄布でできた上衣に合う帯を探す。すると、香綺がため息をつくところを見てしまった。

「……こっちの方が似合うんだけれど」

香綺は真紅の薔薇を咲かせている歩揺をじっと見ている。紺色との相性もよさそうだし、香綺の顔立ちならこの大輪の薔薇にも負けないだろう。

「わたしも素敵だと思いますよ」

茉莉花がそっと声をかければ、香綺は話しかけてきた茉莉花に驚いたあと……呆れた声を出した。

「家の都合で、ここのお店のものをつけるわけにはいきません」

商人の娘だった茉莉花は、すぐにその意味を理解し、そうだったんですねと頷く。

自由に選んでいいと言われても、義理というものに縛られる。選択肢は多くない。

果温もきっと同じだ。何度か似合うものを手に取りながらも、名残惜しそうにそっと戻していた。

(経済の活性化には自由と競争が必要。……でも、古くから住んでいる人ほど、色々なものに縛られている)

商工会が商売繁盛を願って開いている花市だけれど、内部に入ってみれば、今まで通りを求めているようなところがある。

(だったらわたしは、この二人が選ばなかったお店のものをわざと身につけるべきかもしれない)

城下町出身ではない茉莉花には、義理というものがまだない。

もしかして珀陽は、茉莉花を使って新しい風を起こそうとしているのだろうか。

一石五鳥を狙いたい珀陽なら、そこまで考えていそうだ。

（……どうしようかな）

首都の商工会に入れず、商人を相手にした商売しかできていないもの。

腕はいいけれど独立したばかりで、まだ客が少ないところのもの。

茉莉花はそういったところの商品をあえて選ぶことにした。

「それではお針子の皆さん、よろしくお願いします」

申銀は満足そうな顔をして部屋から出ていく。

茉莉花たちは選んだ布を身体に合わせていき、印をつけてもらった。

それから選んだ小物をつけて、夏絹にちぐはぐな印象になっていないかを確認してもらう。そこからもう一度、小物の色を替えたり形を替えたりしていった。

苑翔景との二回目の食事会……というよりも、見合いのやり直しのようなものが行われることになった。

茉莉花は仕事を終わらせたあと、一度下宿先に戻って着替える。約束の時間まで少し時間があったので、諸州の商人が滞在しているという宿を訪ねてみた。

　宿の一階は食堂になっていることが多い。この宿もそうだったため、茉莉花は宿の人に伝言を託して食堂で待つ。

「初めまして、皓茉莉花です」

「俺は岩紀階と申します！　初めまして！　皓茉莉花さまのお名前は存じております！」

　緊張していると言わんばかりの二十代後半の男性が現れた。

　茉莉花は立ったままの紀階に、どうぞと席を勧める。

「先日、洋申銀さんのところに薄布を売りましたよね」

「あ、はい……！」

「とても素敵な布だったので、あの薄布のお話がしたくて」

　どんな話をされるのだろうかと緊張していた紀階は、ぱっと表情が変わった。

「あの布を見てくださったんですね！」

「紀階さんのところで取り扱っている布ですか？」

「そうなんです。この国の薄布は薄いだけのものが多くて……そこに模様を入れたり、手触りをもっとよくしたり、赤奏国では当たり前のように売っているものを、この国にも広めていきたいんです」

　諸州は暖かい地方で、養蚕も行われている。

　ただの絹布をつくるだけでなく、別の価値もつけようとする紀階に、こういう人が経済を活性化させていくのだろうと茉莉花は感謝した。

「実はあの布で花娘の衣装をつくってもらおうと思っています」

「本当ですか⁉」

「はい。長女役の上衣だけですが、多くの人の眼に触れることになります。また首都にくる機会があれば、ぜひあの薄布をもってきてください」

皆があの布をほしいと思っても、物がなければ売れない。紀階の商売の機会が失われないように、茉莉花はどうしてもこの話を今のうちにしておきたかったのだ。

（商工会の人はそこまでの配慮を他の土地の商人にはしないでしょうし……）

紀階は次にくるとき、薄布を多くもってくるだろう。

ほしいと思った人の手に渡るといいなと茉莉花が思っていると、紀階は声を小さくした。

「……あの、いくら出せばいいんでしょうか？」

突然不思議なことを言い出した紀階に、茉莉花は首をかしげてしまった。

「はい……？」

「すみません。首都の……そういう相場を知らなくて……。花娘三人分の衣装に使ってもらうためには、かなりの……」

茉莉花は大きな声を上げそうになる。

もしかして、『この薄布をほか二人の花娘の衣装にも使ってほしいのなら賄賂を渡せ』

と要求したように思われてしまったのだろうか。

「あ、他の花娘の衣装をどうにかするのも、こちらで手配した方が……」

「いえ、これはまた首都へくるときに、薄布をもっともってきた方がいいという話です……！　それだけです！　首都の商人のいい刺激になりますから！　品質での勝負はとても大事なことだと思っています……！」

おかしな話にならないようにと、茉莉花は必死に親切心しかなかったことを主張した。

「花娘の衣装になにかあったら、それは大問題です。絶対に犯人を見つけなければなりません。わたしは官吏として花娘を守る義務があります」

勝手なことをされないように、しっかり釘も刺しておく。それでは、と茉莉花は立ち上がって急いで店を出た。

「わたし……、そんなに賄賂がほしそうな官吏に見えるのかしら……！」

真面目、誠実、いい人そう。

そんな言葉をいつも言われていたのに、官吏になってから顔つきが変わったのだろうか。

茉莉花は少し肩を落としながら道を歩き、翔景との待ち合わせの店に入る。

店の人に待ち合わせですと言うと、待ち合わせ相手の名前を聞かれた。

「苑翔景さんという方で……」

「はい、私です」

うしろから声が聞こえ、茉莉花は小さな悲鳴を上げてしまう。

ゆっくり振り返ると、翔景が立っていた。茉莉花はいつの間に……と驚く。

「こちらへどうぞ。ご案内します」

今日は若い者だけでどうぞ、と言われているので気が楽だ。

案内された部屋に入ると、店員が茶をすぐに入れてくれた。

「お疲れさまです。同時に到着していたんですね」

茉莉花がそう切り出せば、翔景が飲杯をそっともつ。

「いいえ。茉莉花さんのあとをつけていました」

「……そう、ですか」

なかなか危ない発言だけれど、翔景に悪意はない。偶然茉莉花を見つけ、そのままついてきたのだろう。もう少し言葉を選んでくれたらいいのに……と思ってしまう。

「藷州の商人と会っていましたね」

「えっ⁉　そこから見ていたんですか⁉」

「大丈夫です。茉莉花さんは賄賂をほしがっているような顔ではありません」

「そこも聞いていたんですか⁉」

翔景はどうやらかなり前から茉莉花のあとをつけていたらしい。しかし、翔景に悪意はない。それだけは言える。

「官吏が商人を呼び出す理由なんて、賄賂の話しかありませんよ。茉莉花さんはとても素晴らしい志をもつ文官ですが、普通の人はその志を理解できない。ときには誤解を生むでしょう」

「……気をつけます」

茉莉花は飲杯を両手でもち、そっとくちをつけた。

見合いのやり直しのようなものは始まったばかりなのに、別の理由でもう疲れを感じてしまっている。

「ちなみに、衣装に手を出すかどうかについては、既にあの男は他の商人とそういう話をしていました」

「……どこまで具体的な話をしていましたか？」

「酔った勢いで、衣装を汚してやればいいんじゃないかというようなことを、よそ者の商人同士で話していただけです。本気でするつもりがあるかどうかはわかりません」

翔景は御史台の文官だ。官吏の監査は、まずは身辺の調査をするところから始まるので、官吏のあとをつけることは基本中の基本である。

翔景は、普段から城下町をふらふらと歩いておくことで、自分の姿を見慣れた光景の一部にしておき、仕事で目的の人物のあとをつけても違和感がないようにしていた。

（大虎さんも翔景さんもすごい……！）

城下町の酒場に行って、色々な人と仲よくなる大虎。

城下町を歩いて、色々な人の話をこっそり聞いている翔景。

御史台の二人は、自分なりのやり方で情報を集め、仕事に活かしている。

「一応、紀階さんの動きに気をつけておかなければいけませんね」

「他にも、衣装選びでなにも選ばれなかった商人の祖知章が、洋申銀の家をじっと見上げていました。それに花娘の代役候補の父である波栄高が、怪しげな男と一緒にいたり、それから……」

茉莉花は、翔景のくちから出てくる情報に驚くばかりだ。

とにかく数が多い。十を超えていた。そして、ひとつひとつがどこまで本気の話なのかわからない。

(輝かしいもののうしろには、嫉妬とねたみが渦巻いているものだとわかっていたけれど……)

これは今まで見聞きしてきた事件と種類が違うものも交じっている。

——綺麗な花が咲いていたから、無意識に摘んでしまった。

そういう予測不可能な小さな可能性も、あちこちに潜んでいるだろう。

「それでは、今日は『苑翔景は茶を飲み干したらさっさと帰ってしまった』ということにしてください」

「わかりました。ありがとうございます」

翔景はぱっと立ち上がり、店の人に金を払って出て行く。

店の人は帰していいのかとちらちら見てきたので、茉莉花は苦笑しつつ頷いた。

（今からなら自主練習の時間に間に合うはず……！）

店を出たあと、足早に稽古場へ向かう。

最近、自分の部屋で舞の練習に励んでいたおかげか、少しだけ体力がついたような気がしていたけれど、やはり気のせいだったかもしれない。息を切らしながら稽古場に入れば、ちょうど稽古が終わったところだった。

「それでは今日はここまでにしましょう」

「ありがとうございました」

皆の邪魔をしてはならないと、茉莉花はそっと部屋に入る。

部屋の隅で琵琶を取り出していると、香綺が夏絹に呼び出されていた。

「香綺さん、少し話があります」

二人は部屋を出ていかなかったけれど、小声で話をしていたので、会話の内容はここまで聞こえてこない。しかし、香綺の表情が固かった。きっと、実力がある人にしか与えられない高度な注意を受けているのだろう。

茉莉花が自分もいつかその段階に行けたら……と思っていると、香綺がため息をつきながらこちらを見る。あっと思ったときには、香綺と視線が合っていた。

　香綺は突然現れた茉莉花に驚いたようだ。茉莉花は微笑んだあと、軽く頭を下げておく。

「お疲れさまです」

「お疲れさまでした」

　しばらくすると、自主練習の時間も終わった。茉莉花が片付けをしていると、代役の子たちに話しかけられる。

　理由はどうあれ、勇気を出した女の子に誠実に対応すべきだ。茉莉花は笑顔で答えながら適当なところで会話を切り上げ、それでは……と稽古場を出た。すると、階段の下からなにやら不穏な会話が聞こえてくる。

「本当に実力だけで選ばれたと思っているの？　みんな貴女の父親が金を積んだと言っているわ」

「茉莉花さんの誘いも断っていたし、実力で選ばれたのならともかく、実力がないならないなりに媚を売るぐらいはしなさいよ」

　果温が何人かの少女に囲まれている。

　茉莉花は荷物を探りながら、わざとらしく大きな声を上げた。

「果温さん！　まだ残っていてよかったです！　これ、前に話していた歩揺です」

　茉莉花はなにがあってもいいように、予備の歩揺を常にもち歩いている。皇帝に呼び出されたときに、欠けた歩揺をつけたままにしておくわけにはいかないのだ。

その予備の歩揺を手にもち、階段を降りていった。

「あ……」

果温を取り囲んでいた代役の子たちは、ちょっと世間話をしていただけですよという表情になる。その方が助かる。この子は生意気ですよね、と同意を求められるよりもいい。

「素敵だと言ってくれて嬉しかったです。二つもっているので、片方を果温さんに贈りますね。お揃いでつけましょう」

茉莉花と果温は、お揃いの歩揺をつけるほどの仲だ。

そう皆に思わせることができたら、果温へのわかりやすい嫌がらせはかなり減るだろう。

果温には茉莉花という泣きつく先があり、そして茉莉花の先には皇帝がいるのだ。

「まぁ、素敵な歩揺ですね。では、私たちはお先に失礼します」

「茉莉花さん、お疲れさまでした」

代役の子たちは笑顔でこの場から離れていく。茉莉花は彼女たちの変わり身の速さに、お見事と言いたくなってしまった。

「果温さん、それはもらってください」

「え……？」

「困ったことがあれば、わたしを上手く利用してください。わたしは官吏です。困った人を助けることが仕事ですから」

果温は、茉莉花の歩揺をもちながらおろおろしている。

茉莉花はそんな果温に微笑みかけたあと、また今度と言って門に向かって歩き出した。

茉莉花と天河の二回目の食事会は、天豪が茉莉花をとても気に入ったのでぜひ二度目を……という理由で行われた。

茉莉花は、天河と共通の話題である外交や国防の話をしながら食事を楽しむ。

「本気かどうかはわかりませんが、花市への犯行予告がありました」

首都の話題になったとき、天河は花市の話を何気なく始める。

「……犯行予告？」

花市を中止することで誰が得をするのだろうか、と茉莉花は首をかしげてしまう。花市は大人も子どもも楽しめるただの祭りだ。

「花市自体に反対しているわけではないと思います。人が集まる場を使ってなにかの脅迫ができたら、と考えただけでしょう」

「ああ……、そんな犯行予告もあるんですね」

「茉莉花さんは陛下の側近ですし、特に警戒してほしいので、これまでの怪しい動きをまとめたものを用意しておきました」

「ありがとうございます」

天河が懐から分厚いものを取り出す。

茉莉花は思わず瞬きをしてしまった。

「……あの？　まとめたものなんですよね？」

「まとめたものです」

犯行予告の他に怪しい動きが数件あったというだけの話だと思っていたけれど、どうやら違ったらしい。数十件はありそうな書類の束に、茉莉花は冷や汗をかいてしまう。

（武官の方々は……まさかいつもこんなことに対応しているの⁉）

何気なく守ってもらっていたけれど、彼らは多くの情報から、どうしたら対象を守りきれるかという判断をたくさんしているのだろう。

「毎年、こんなに多いんですか……⁉」

「通報や密告をするだけなら誰にでもできますし、いたずら目的のものもあります」

「密告の方が信用できる……というわけでもありませんね」

密告に見せかけて嫌いな人物を陥れるというのは、よくあることである。

禁軍もそれをわかっているだろうし、これらの密告をいちいち本気にすることなく、なにかあったら動くぐらいのことしかしていないはずだ。

「他の方からも花市に関する怪しい動きを教えてもらったのですが、この数では本気なのかどうかを確認することも、事前に対処しておくことも大変ですね……」

茉莉花は、これとこれをまとめて、こちらはこうして、と問題をまとめてみようとしたけれどすぐに諦めた。

多くの武官を花市の警備に投入してもらえたら可能かもしれないけれど、本気かどうかわからない話にそんなことはできない。これは国が主体となって運営している祭りではないので、武官は基本的に協力をしないことになっているのだ。

「天河さんならどこを優先的に守りますか？」

「花娘と花娘用の馬車を守ると思います。どちらかを選べと言われたら花娘用の馬車ですね。花娘と違って、替えがないですから」

馬車が最優先と言われ、茉莉花は「たしかに……」と納得してしまった。

花娘用の馬車は改造されていて、屋根の上へ乗れるようにしている。普通の馬車は屋根に手すりをつけないし、足場も悪い。そもそも立ち上がることさえできない。

「今回は陛下も見物にいらっしゃるので、陛下を最優先します。眼の前で花娘の馬車が倒れても、まずは陛下の周りの警戒をしなければなりません」

「花娘だけでも守りたいと思ったのですが……難しいですね」

茉莉花はもらった資料をめくりながら、どうしたらただの嫌がらせから誘拐事件までの様々な攻撃を防げるのかを考えてみる。

指を折りながら、これとこれは最低限必要だ……と計算していると、天河が茉莉花の指をじっと見ていた。

「茉莉花さんが立てる作戦は、難易度が高そうですね」

「そうでしょうか……？」

茉莉花は子星から、確実な作戦を好むと言われている。天河と一緒に色々な仕事をしてきたけれど、そこまで無茶な要求をしてきたつもりはなかった。

「難易度というか……、細かいと表現すべきかもしれません。茉莉花さんは細やかなところまで気づける人なので、細かい作戦が立てられるし、実行できてしまうんだと思います。作戦によっては、俺は部下を選ぶ必要がありそうです」

「細かい……」

珀陽から間諜のあぶり出しの話をされたとき、普通の人ならどこでなにをしたのかをそこまで細かく正確に覚えていられないんだよと言われた。

——細かいところまで眼が向くのは、できてしまうから。

他の人からの指摘によって、茉莉花は自分の強みと弱みを同時に自覚する。

（わたしの基準で物事を進めてはいけない）

気をつけないとまとめ役になったとき、部下に「わたしはできるから」と押しつけるだろう。今のうちにそのことに気づけて本当によかった。

「そろそろ出ましょうか。下宿先まで送ります」

「ありがとうございます」

天河との食事会は、仲を深めるためのものというよりも、作戦会議のようなものになってしまった。

店を出たあとは、二人でぽつぽつと話をしながら夜道を歩いていく。

「……今日の茉莉花さんはいつもと歩き方が違いますね」

「え……？」

夜の城下町は、賑やかなところも勿論あるけれど、人通りが減って静かになっているところもある。誰もいない道を歩いていたら、ふと天河がそんなことを言い出した。

「怪我でもしていましたか？　一定の間隔で足を運んでいなかったので……。もしよかったらおぶっていきますが」

「いいえいいえ！　怪我はしていません！」

舞の稽古で足が疲れているだけだ。茉莉花は恥ずかしくなってしまう。

「……すみません。舞の稽古が思っていたより負担になっていたようです」

毎晩、琵琶の弦を押さえる。

毎晩、静かに舞の練習をする。

ほか二人の花娘になにかあったときのために、と全力を尽くしていたのだけれど、身体は疲れに正直だったらしい。

「当日、俺は陛下の傍で警護することになりましたので、運がよかったら茉莉花さんの勇姿を見られると思います。がんばってください」

天河は茉莉花を心から応援してくれた。

本当にいい人だ……と思いながら足を動かしていると、誰かが走ってくる。

天河が茉莉花の前に出てくれたので、茉莉花はいつでも駆け出せるようにしておいた。

しかし、知っている人が走ってきたので驚く。

「香綺さん⁉」

「……あ」

同じ花娘の香綺が、茉莉花を見て足を止める。

「っ……」

香綺は振り返り、茉莉花をもう一度見て、それから天河を見た。

明らかになにかを警戒している雰囲気を見せる香綺に、茉莉花は香綺を安心させるための言葉をくちにする。

「こちらは武官の黎天河さんです。どうしたんですか？」

武官という言葉を聞いた瞬間、香綺はほっとした表情になり、ぱっと近よってきた。

「……酔っ払いに絡まれてしまって」

「ああ、それで逆方向に逃げてきたんですね。天河さん、わたしと一緒に香綺さんを家まで送っていってもらえますか？」

「はい、勿論です。家はどちらですか？」

「あ、ありがとうございます……！　まずは大通りに出て……」

武官が家までついてきてくれることになり、香綺は安心できただろう。

香綺の案内に従い、今度は三人で歩いていく。

「夜遅くなるときは、お家の方に迎えにきてもらってください」

天河が香綺にそう言うと、香綺は荷物を抱えている腕にぎゅっと力をこめた。

「いつもなら……遅くなるときは迎えにきてくれるんです。今日はなぜかいなくて……なにか用事でもあったのかと、一人で帰ることにしたんです」

「そうだったんですね。では、できる限り明るい道を選んでください。警備隊には、花娘の稽古終わりに合わせて巡回を増やすようにと言っておきます」

茉莉花たちが大通りから路地に入ろうとしたとき、うしろから「香綺！」と呼び止められた。

「お父さん！」

「すれ違っていたのか。よかった。こちらの人は？」

「同じ花娘の人と武官さんよ。酔っ払いに絡まれて逃げたら二人に会えて、送ってくれると言ってくれたの」

どうやら家族の人が香綺を迎えにきてくれたようだ。

これならもう大丈夫だろうと判断し、茉莉花と天河はそれではと頭を下げた。

「武官の方だったんですね！　娘を迎えに行く途中、道端でうずくまっている人がいて、医者のところまで送っていったら遅れて……すみません、ありがとうございます！」

香綺の父親の話を聞いた途端、天河の目つきが変わる。そして、周囲を警戒しながらくちを開いた。

「もう夜遅いですし、お二人を家まで送ります。これも武官の仕事ですから」

天河の申し出に香綺の父はとんでもないと手を振ったけれど、天河が行きましょうと歩き出したので、何度も頭を下げつつ礼を言う。

香綺の家はすぐそこだったので、特になにかの話をすることもなく、挨拶をしたあとはすぐに引き返した。

「……天河さん、なにか気になることでもありましたか？」

茉莉花が周囲を気にしつつ問うと、天河は黙ったまま頷く。

「何者かが香綺さんの父親を遠回りさせ、香綺さんが一人で歩いているところを狙ったという可能性もあると思ったんです。花娘の誘拐は前にもありましたから。酔っ払いのおかげで香綺さんは逆に助かったのかもしれませんし、誰かが酔っ払いのふりをすることで香綺さんを別の道から帰らせようとしたのかもしれません」

ただの偶然という可能性の方が高くても、武官は万が一を考えなければならない。

茉莉花は天河の真面目なところに感謝しつつも、これから先のことを思うと不安になってしまった。

「これから必ず稽古終わりの茉莉花さんを迎えに行きます。茉莉花さんが狙われることはないと思いますが、俺たちが姿を見せておけば、他の花娘を狙う者を怯ませることができるかもしれません」

「ありがとうございます」

今回、茉莉花は一番安全なところにいる。珀陽という後ろ盾があるから、襲われる心配はまずないし、禁色を使った小物をもつ珀陽の側近だからという理由で武官が迎えにきてくれる。

(だったら、わたしが香綺さんと果温さんを守らないと……!)

天河に下宿先まで送ってもらう予定だったけれど、茉莉花は今回も行き先を変えることにした。

「すみません！　月長城に行って調べものをしてきます……！」

茉莉花が頭を下げれば、天河がほんのわずかに笑う。

「それなら月長城まで送ります」

「本当にすみません……！　前回に引き続き、また折角の厚意を……！」

「いいえ。茉莉花さんは花娘のお二人を守ろうとしているんですよね。武官は花市には関わっていませんが、力なき人を守るのは武官として当然のことです。どうしてもできる範囲になってしまいますが、俺にも協力させてください。……たとえば、こうやって月長城まで送るとか」

天河の申し出に茉莉花は感動してしまう。よろしくお願いしますと言って、深々と頭を下げた。


月長城に戻ってきた茉莉花は、刑部の仕事部屋に向かう。

灯りがついていたので、まだ誰かいるようだ。

茉莉花は調べたいことがあると言い、残っている人から鍵を預かるつもりだったのだけれど、部屋の中にいたのは春雪だった。

「春雪くん!?」

「え？　茉莉花……って、うわ、すごい格好」

黎家の跡取りとの食事会ということで、茉莉花はそれなりに着飾っている。

春雪の指摘に、せめて歩揺だけでも外しておけばよかったと思ってしまった。

「……あんた、見た目はいいよね。中身は悪いけれど」

「え？　上手く着飾れているかしら。それなら嬉しいわ」

衣装を選ぶとき、化粧の色を選ぶとき、茉莉花はどきどきしている。春雪の正直な感想のおかげで、自分の鏡の前での努力が報われた気がした。

「中身の話を無視しないでくれる？」

「わたしは自分のことを善人だと思っていないから……そうねと思ってしまって」

「うわ、自覚あるんだ。……まあ、ときどきは善人だと思うよ。ときどきね」

「春雪くんは素直になれないだけでいい人よ。今日も子星さんのお手伝いでしょう？」

茉莉花が微笑めば、春雪は嫌そうな顔をした。

「わたしは調べものをしたくて、食事会が終わってから戻ってきたの。鍵を預かってもいい？　帰るのが遅くなりそうで……」

「ああ、そういうことだったんだ。どうぞ」

春雪は鍵をすぐに渡してくれる。

茉莉花は早速棚を見て必要な資料を抜き出そうとし……驚いた。

「その資料は吏部で使うの？」

茉莉花が探しにきたのは、城下での誘拐事件や襲撃事件を取り扱った裁判記録だ。

しかし、それらは春雪によって既に引き抜かれていて、卓に置かれている。

「吏部のための資料じゃないよ。子星さまのお手伝い。前から手伝いをしていたこともあって、資料探しは得意分野だし」

新人文官はまず『仕事に必要なものを早くもってくる』を覚えなくてはならない。

春雪が得意だと言うのなら、吏部の新人文官の中で一番早いのだろう。きっと先輩たちから見込みがある新人だと思われているはずだ。

「春雪くん、とても申し訳ないことを言うけれど……」

「なに？」

「その資料、わたしのための資料だと思うわ。手伝わせてしまって申し訳ないから、あとは任せてもらっても大丈夫よ」

「……へぇ」

春雪は資料を引き抜き、それを荒っぽく卓に置く。

「あと少しで終わるんだけど⁉　僕のやったことを自分の手柄みたいな顔で全部もっていくつもり⁉　ほら、さっさと残りを探してよね！　もっていくのは自分で取ったものだけにしてくれる⁉」

卓に置かれた資料は、けっこうな量になっていた。茉莉花だけで抱えるのは少々厳しい。

春雪は多めに抱えていくつもりでこういう言い方をしたのだろう。

「春雪くん、ありがとう。本当に優しいのね」

「手柄を総取りしようとしたあんたは最悪だけれどね」

二人で残りの資料を探し、抱えて吏部にもっていく。

そこには子星がいて、「こんばんは」と挨拶をしてくれた。

「茉莉花さんからの頼まれごとはほぼ終わりましたよ」

「ありがとうございます。……あの、ここまでしてもらってもいいんでしょうか」

「こういうのは余裕のある人がやるべきです」

茉莉花は少し前、子星宛の手紙を春雪に託していた。それには、城下の地図に商工会の人たちの家と店の名前を書きこみたいので適切な資料があれば教えてほしい、という頼みごとを記してあった。

子星は茉莉花のやりたいことをその手紙から察し、先回りしてほとんどやってくれたのである。

「あとはこれとこれ……はい、終わりです。片付けをしましょう」

犯罪が起きた地点をびっしりと書きこんである地図を見て、春雪は「うわぁ」という顔をした。

「花娘ってこういう役目だっけ？　治安維持でもするの？」

「わたし以外の花娘が事件に巻きこまれるかもしれないから、どうにかして守りたいと思ったの」

茉莉花は刑部の仕事部屋で資料の片付けをしながら、春雪にこの作業の目的を話す。

「普通はずっと張りつくとか、そういう方法を選ぶと思うけれど……」

「うん。……わたしのやり方は細かいのかもしれない」

「今更気づいたわけ？　昔から気味が悪いほど細かいところまで全部調べて、すべてのことに手を出していたよね。真似する気にもなれないよ」

「直した方がいいかしら……」

「同じことをやれって言わないならそのままでいいんじゃない？　あんたにとっては、最終的に効率がいいわけだし。僕にとっては逆に効率が悪いけれど」

人にはそれぞれ適したやり方がある。

茉莉花は春雪の優しい言葉に少しほっとできた。

「じゃあ僕はこれで帰る。鍵は任せた」

「うん。遅くまでありがとう」

「僕は子星さまの手伝いをしただけ。またね」

茉莉花は、刑部と吏部の仕事部屋の戸締まりをしたあと、鍵を返しに行く。それから夜の廊下を一人で歩いた。

（花娘の練習、花娘の身の回りの警戒、間諜への撒き餌……やることが多くて頭が混乱しそう。……でもやらないと）

右手でこれをしながら左手であれをする、というようなことは、あまり得意ではない。ここ最近、頭も身体も使いっぱなしだ。それに……。

——珀陽さまのことも考えたい。

二人きりでゆっくり話したい。皇帝と文官ではなく、一人の人間として。

それすらもなかなか難しくて、出世してもここだけは変わらないだろうなとため息をついてしまった。

（また仕事帰りに会えたら……ううん、陛下と話をしたくても、そもそも考えがまだまとまっていない）

結局ただ珀陽に会いたいだけなのかもしれないと思っていると、白いものが視界の端でちらりと動いた。

茉莉花は幽霊を見てしまったのではないかと思い、恐ろしさのあまり立ち尽くしてしまう。動かなければならないと思うのに、白いもの……人の手がひらひらと動くのをじっと見守ってしまった。

（うん？　あれは……）

しかしその手に見覚えがあり、どういうことだと一歩近づくと、今度は大声を上げそうになる。

「陛下……⁉」

茉莉花が小声で確認をすると、そうそうと言わんばかりに白い手が動いた。慌てて駆けよると、曲がり角に珀陽が立っている。

「場所を変えようか。周りから見えにくいところがこの先にあるから」

「はい……！」

こんな偶然があってもいいのだろうか。

茉莉花が驚いていると、珀陽はとある建物の置物の陰に入った。そして、ごそごそと袖の中を探り、巻物を茉莉花に渡してくる。

仕事の話が始まると思った茉莉花は、気を引きしめた。

「ちなみにそれ、なにも書いていないから」

「……どういうことなんでしょうか」

「手紙だと妙な誤解をされることもあるけれど、巻物なら仕事っぽく見える。これは一応、誰かに遠くから見られてもいいようにするための工作」

茉莉花は、手の中にある巻物をじっと見つめてしまう。

「いつも巻物をもち歩いているんですか？」

「まさか。今日はもしかしたら……と思って」

珀陽がふっと笑う。

「真面目な人間と真面目な人間が会話をするとね、刺激し合って真面目なことをするんだよ。だから天河と真面目な話をしてきた茉莉花が、ここに戻ってきてまたなにかをするんじゃないかなと思っていた。前回は茉莉花に探してもらったからね。だから今度は私が探そうと思って、夜遅く（よるおそ）くまでふらふら散歩していたんだ」

自分の行動を完璧（かんぺき）に読まれてしまった茉莉花は、恥ずかしくなってきた。

珀陽は逆に、読み通りになったことでとても機嫌がよさそうだ。

「特に用があったわけではないけれどね。ちょっと雑談でもしようか」

珀陽は髪をかき上げて耳にかける。

茉莉花は合図だとすぐに気づき、そわそわしながら袖を直すふりをした。

これでここから先は皇帝と文官ではなく、個人と個人の会話になる。

「花娘の方はどう？」

「商工会の皆さんとお話しできる機会を得たので、これから交流を深めていこうと思っています。あとは商工会の制度に思うところが少しありまして……、花市が終わってから改めて考えてみます」

茉莉花は、自身の練習の成果の話ではなく、先に文官としてどうするつもりなのかを報告した。すると、珀陽はしまったなと苦笑する。

「仕事の話になってしまったね。そういうつもりではなかったんだけれど。……念のために茉莉花も舞と琵琶を練習しているんだって？　そっちはどう？」

「代役はきちんと用意されていますが、わたしもなにかあったときに手助けができるように練習しています。この練習の成果は発揮されないようにすべきですが、それでも最後までできる限りのことをしようと思っています。折角の機会を頂きましたから」

茉莉花の答えに、珀陽はうんと頷く。

「私には茉莉花の真似はできないなぁ。真面目すぎる」

皆が見ている前で琵琶を弾くわけではないし、舞を披露するわけでもない。それでも全力を尽くすという茉莉花の真面目さに、珀陽は感心した。

「うん」

「それから……、陛下との痴話喧嘩みたいなことについてですが……」

「機嫌を取るとかではなく、気持ちを伝えたいから伝えるということが大事だとわかりました。ですが、誤解を招かないような方法がまだ思いつかなくて……」

「っ、あはは！」

あまりにも真面目なことを言い出す茉莉花に、珀陽はつい笑ってしまう。

「……なにかおかしいことを言ってしまったでしょうか」

不安になっている茉莉花に、珀陽はごめんねと謝る。

「本当に真面目だなと思っただけだよ」

どうやらかなり珀陽の機嫌はいいらしい。仕事かなにかでいいことがあったのかもしれないと茉莉花は思った。

「前にも言ったけれど、茉莉花はもっと色々なことを楽しんでもいいと思うなぁ」

「はぁ……」

「真面目にやると楽しむは両立できるよ」

楽しむ、を茉莉花は改めて考えてみる。

たとえば後宮にいる友だちに手紙を書いたり、お気に入りの店に立ちよってみたり、同僚と何気ないお喋りをしたり……楽しめることはしっかり楽しんでいる気がする。

「私はね、茉莉花の心に負担をかけたくない。……いや、まあ、あまりにも軽く扱われたら悲しいから、多少は負担になってほしいけれど」

珀陽は、茉莉花の手に自分の手を重ねた。

「──私との恋は楽しいと思ってほしいな」

珀陽の金色の瞳がきらきらと輝いている。

茉莉花は、心から楽しいと伝えてくる珀陽の瞳から眼が離せない。

「この痴話喧嘩も気楽に楽しもう。恋人(こいびと)ができたら誰だって通る道だからね」

「……あの、これは痴話喧嘩のようなことですから」

「そうだった。気をつけるよ」

茉莉花は喧嘩というものが苦手だ。しかし、生き生きと喧嘩をする人がいるということは知っている。

（珀陽さまはこの痴話喧嘩のようなことを楽しんでいる……、ということよね？）

あまりにも自分になじみのない感覚なので、茉莉花は戸惑った。

わがままを言ったり、言われたり、慌てたり……そういうことを楽しむ。

――わたしと珀陽さまは、なにもかも違う。

けれども、なにもかも違うから、一緒にいると想像できていなかった世界が見えてきて、どきどきするのだ。

（少し……わかったような……）

考えこんでいると、珀陽が優しく微笑んでくる。そして、「そういうところが好きなんだけれどね」と何気なく呟くので、茉莉花はそれを言いたかったのは自分だと慌ててしまった。

「そういえば、夜遅くに戻ってきてなにをしていたのかな？」

「今まで花娘や花市にどのような妨害(ぼうがい)工作があったのかを調べていたんです。それから城下での誘拐事件や襲撃事件をまとめて、花娘の二人に危ない場所を避けてもらおうと思いまして……」

茉莉花は袖に入れていた大きな紙を広げる。

珀陽は、印がびっしりと書きこまれた地図を見て、うわ……と呟いた。

「子星さんがほとんどやってくれました」

「ああ、子星はこういう作業が好きそう」

珀陽はどれどれと地図を見て、面白いねと眼を輝かせる。

「私ならここで誘拐したいな。この道を通って、ここで馬車を乗り換えて、それからこの辺りの空き家に連れこんで……」

珀陽の指が地図をなぞっていく。

茉莉花は驚きの声を上げてしまった。

「わたしはそういう話をしていたつもりはなかったのですが……！」

「……真面目な人は本当にいいことばかりを考えているんだと知って、今の私は物凄く驚いているよ」

珀陽が肩をすくめ、地図から顔を上げる。

「茉莉花も、自分が犯罪をするのなら、を考えてみるといい。違った視点に触れることは大事だから」

「うん。茉莉花の犯罪は手強そうだな。細かいところまでよく見ているから、証拠もなく完璧にやりとげるはずだ」

茉莉花の長所でもある細かいところまで考えてしまう癖が、珀陽の頭の中で犯罪に使われてしまっている。

「そう……でしょうか」

茉莉花は、犯罪に使う機会は一生ないだろうな……と苦笑してしまった。

「見合いをもちこまれないようにする策も細かそうだね。どこまで進んでいるのかな？」

珀陽の質問に、茉莉花はどう答えようかと迷う。

用意していた策は細かくない。手紙を一通書いただけだ。そしてどこまでと言われても、まだ茉莉花にもわからない。

「ええっと……、……そのときになったらわかります」

茉莉花の言葉に、珀陽は瞬きを二度する。内緒にされたことに驚いたのかもしれない。

その表情は、年相応どころかおやつを買ってもらえなかった少年のような幼さがあり、茉莉花は笑いそうになってしまった。

（内緒にしたくてこんな答え方をしたわけではなかったのだけれど……）

本当に茉莉花にもよくわからなかっただけだ。

しかし、珀陽のこの顔を見ていると楽しくなってしまう。きっとこの無防備な表情を見

られるのは、限られた人だけだろうから。

「──まだ秘密にしておきますね」

茉莉花が人差し指をそっとくちびるに当てれば、珀陽は苦笑する。

「そうそう、それが『楽しむ』だよ。私は茉莉花の思惑通り、もやもやしながらそのときを待つしかなさそうだね」

初めて『恋を楽しむこと』に成功した茉莉花は、次もまた成功させたいなと笑顔になった。

第三章

「茉莉花さん、……あの、これ、昨夜の間のお礼。もしよかったら、あの武官さんにも渡してほしいんだけれど……」

次の稽古の日、茉莉花は意を決したという顔の香綺に呼び止められ、布の包みを渡された。

「わたしも天河さんも当然のことをしただけです。でもありがとうございます」

茉莉花は香綺から包みを受け取りつつ、ちらりと周りを見る。香綺が稽古場で嫌味以外を言うのは、これが初めてということもあって、やはり注目されていた。

これはちょうどいい機会かもしれない。香綺はお節介しないでと嫌がるだろうけれど、香綺への嫌がらせを減らしておこう。嫌がらせを放置すると、どんどん過激になっていくこともある。

「……あ、天河さんは昨夜、香綺さんを家まで送っていった武官です。なにかあったらいつでも相談してくださいと言っていました。天河さんはとても頼りになる武官ですよ」

昨日、茉莉花は香綺にきちんと天河の紹介をしておいた。しかし、もしかしたら香綺が覚えていなかったかもしれないという親切なふりをしつつ、周囲に『武官』という言葉を二度も聞かせておく。

香綺は緊張していたせいで、茉莉花の意図に気づけず、包みを受け取ってもらえたことにただ安心していた。

「もしかしたら今日は、天河さんがわたしを迎えにくるかもしれません。そうであれば直接渡した方がいいと思います。違う人がきていたら、明日わたしが渡しておきますね」

「そ、そうですね……！　そうしてください……！」

香綺がそわそわしている。茉莉花は、その気持ちがわかってしまった。

今でこそ文官や武官と当たり前のように話をしているけれど、宮女や女官をしていたころの自分だったら、官吏と挨拶をするだけでもとても緊張するだろう。

（果温さんへの嫌がらせも、香綺さんへの嫌がらせも、少しでも減るといいな）

そんなことを考えながら茉莉花が琵琶を取り出したとき、ふと果温と視線が合った。挨拶代わりに微笑みかければ、果温は頬を染めながらはにかむような笑顔を返してくる。果温は茉莉花の歩揺をつけてきていた。

「皆さん、揃いましたね。それでは本日の稽古を始めます」

夏絹が稽古場に入ってきた。

皆の表情が一気に変わる。

「今日は琵琶と舞を合わせてみましょう。互いをよく見て、呼吸を合わせることが大事です。稽古の時間も残り少ないので、集中してくださいね」

いよいよ仕上げの段階に入った。

舞が上手くても、琵琶が上手くても、きちんと揃わないと『下手』という評価をされてしまうのだ。

（わたしは琵琶と舞、どちらで参加しようかな……。下手な音が入るよりも、下手な舞が視界の端に入る方がまだいいかもしれない）

夏絹が鈴の音を鳴らすときに合わせて手を叩くと言ってくれたので、茉莉花はその音に動きを合わせようとした。しかし、それだけのことなのに上手くいかない。

「舞い手の皆さんはもっと琵琶の音色を聞いてください」

「舞に合わせて琵琶の音を伸ばして。もう少し。……そう、そのぐらいです」

「指先までしっかり伸ばしましょう。香綺さんをよく見て、同じように」

少し合わせたあと、止められ、誰かが注意を受ける。また少し合わせたあと、止められ、誰かが注意を受ける。その繰り返しで、なかなか進まない。

茉莉花はというと、なにも言われなかった。代役の代役で、念のための稽古をしているだけの茉莉花の面倒を見る余裕が、夏絹にもうないのだ。

（舞と楽を合わせるというのは、思っていた以上に大変なことなのね……！）

茉莉花は後宮で美しい舞を何度も見てきた。いつだって当たり前のように音と舞が合っていたので、大変な作業だということをわかっているつもりでわかっていなかったのだ。

「お疲れさまでした……」

舞と琵琶が少しも揃わないまま、今日の稽古が終わる。

茉莉花は琵琶の練習に切り替えることにした。端の椅子に座って琵琶を抱えると、香綺がそっと近づいてくる。

「……茉莉花さん、武官さんはもう外で待っているんですか？」

「自主練習をしたいと言ってあるので、終わるときに合わせてくると思います」

「そう……」

そのとき、代役の少女たちが鏡の前に立って舞い始めた。

香綺の顔つきが変わる。厳しいまなざしを彼女たちに向けた。

（そうよね。みんな必死だわ）

香綺も、代役の少女も、夢を摑み取りたい。

茉莉花はせめてその邪魔をしないようにしたくて、部屋の隅で今日の指導を思い返しながら、ひたすら自主練習をする。

「……あの、茉莉花さん」

果温が小さな声で話しかけてきた。茉莉花は手を止め、果温に向き合う。

「どうしましたか？」

茉莉花は周りの人に迷惑をかけないよう、小さな声で続きを促した。

果温は琵琶を抱えたまましばらくおろおろしたあと、琵琶をぎゅっと抱きしめて、震える声を出す。

「私の練習につきあってくれませんか……⁉」

とても言いにくそうにしていたけれど、果温のくちから出てきたのはささやかすぎる望みだった。

茉莉花は微笑みながら返事をする。

「いいですよ。どうしたらいいですか？」

「ここで舞ってくれませんか……⁉　少しでも舞と合わせる練習をしたくて……！」

果温のこの発言には、さすがに驚いてしまった。茉莉花は慌てて周囲を見る。

「わたしではなくて、他の方にお願いした方が……！　果温さんと合わせたくても、わたしは下手すぎますので……！」

「そんなことはないです……！　茉莉花さん、とてもお上手です。ゆっくりでもいいです。とにかく息を合わせるということを理解したくて……。どうかお願いします……！」

それに、と果温は自主練習をしている舞い手を見る。

「皆さん、私につきあう余裕はなさそうで……」

茉莉花はその通りだと思ってしまった。果温が頼んでも、自分のことに必死な香綺やその代役の子たちは、間違いなく断るだろう。

「茉莉花さんは……、いつも皆さんと気さくに話せていて、話しかけやすくて……。私や香綺さんにも色々な配慮をしてくださって……。私は茉莉花さんがいいんです、お願いします……！」

果温にここまで頼みこまれたら、茉莉花は下手であることを恥ずかしく思っていても、断るわけにはいかない。

「精いっぱいがんばります……！」

果温のためになることだからと、茉莉花は自分を励ます。そして、果温が合わせたいと言った部分を何度も繰り返した。

「茉莉花さん、本当にありがとうございました……！」

「こんなことでよければ、いつでも声をかけてください」

自主練習の時間が終わるころには、果温は手応えを掴めたという顔になっている。

茉莉花は果温と共に稽古場を出て、門のところで一度立ち止まった。また明日と笑顔で声をかけ合う。どうやら少しは仲よくなれたようだ。

「天河さん、お待たせしました」

茉莉花は迎えの武官の姿を探す必要はなかった。誰よりも背が高くて目立っている男性が天河だ。

「すみません、もう少し待ってもらってもいいですか？　香綺さんが昨夜のお礼をしたいと言っていたんです」

「わかりました」

茉莉花は建物の中に戻って香綺に声をかける。

香綺は包みをもって慌てて駆け出して、天河の顔を見るなり頭を勢いよく下げた。

「家まで送ってくださり、本当にありがとうございました！」

「これも仕事ですから。なにかあれば頼ってください」

「ありがとうございます！」

香綺は何度も天河に礼を言い、父親と二人で帰っていく。

茉莉花は、全員がそれぞれ家の人と帰っていくのを見送ってから、天河と共に歩き出した。

「皆さんの家までの道を警備隊が巡回することになったので、安心してください」

「助かります。……華やかな表舞台の裏は、とても暗いですね」

茉莉花はなにごともなく花市が無事に終わってほしい。けれども、そのなにごともなくの中に、花娘による楽と舞の奉納もある。今日の稽古の様子からすると、夏絹が頭を抱えるようなものになってしまいそうだ。

（果温さんには合わせる意思があるから、……問題は香綺さんよね）

ありがたいことに、昨夜の一件で香綺に恩を売った形になった。このことを上手く利用し、香綺とゆっくり話してみるのもいいかもしれない。

茉莉花は黙って夜道を歩き……ふと足を止める。

「すみません。少しだけ寄り道をしてもいいですか？」

「どうぞ。なにかあったんですか？」

「昨夜、陛下から助言を頂いたんです。『自分が犯罪をするのならを考えてみるといい。違った視点に触れることは大事だ』と」

茉莉花はそう言って路地を指差す。

「だから自分が花娘を誘拐するときはどうするのかを考えてみたんです。わたしならこの路地で待ち構えて、まずは花娘を路地に引きずりこみます。そのあとに意識を失わせて、箱に詰めます」

路地を覗きこんでみると、大きい木箱が置いてあっても誰も気にしなさそうなところだった。丁度いいと茉莉花は頷く。

「犯罪者の視点ですか……。犯罪が起きたあとに犯罪者がどこに逃げたかを考えたことならありますが、起きる前に考えたことはありませんでした」

「わたしもです。視点を変えてみると、意外なところに隙があるとわかりました」

天河も路地を覗きこみ、たしかにと言う。

「俺も一緒に考えてみてもいいですか？」

「はい！」

茉莉花は天河と一緒にあちこちを歩き回った。

最初は『どう花娘を襲うか』『どう花娘を誘拐するか』を重点的に考え、誘拐ならその後の運搬の方法、襲うのであればどう逃げるのかまでを検討していく。

「ここだと目撃されるかもしれません。わたしが誘拐犯だったら、誰かに見られることを一番恐れます」

「俺は少しなら目撃されてもいいです。監禁場所の方にこだわりたいですね。大声を出しても聞こえないようなところ……。やはり首都を出ておきたいです」

「それならいっそ殺した方が……。解放したときに犯人に繋がる情報を吐く可能性と、殺してしまったときの死体の処理の手間、そういうのを考えると……」

「遺体はばらばらにして運びたいですね。そのままだと大きくて目につきやすい」

物騒な会話が茉莉花と天河の間で続けられる。

もしも誰かがこの話を聞いていたら、首都の警備隊を迷わず呼びに行くだろう。

「守る視点と襲う視点はかなり違いますね……」

検討が終わったあと、天河が感心したように呟く。

茉莉花はそうですねと同意した。

「計画的な犯行ならば危険な地点を絞れそうです。ですが、ふらりとその場で犯行を思いつく人もいるでしょうし……」

綺麗な花が咲いていて、つい摘んでしまった。

その場での思いつきも考えているときりがない。そして、こちらが予想できないからこそ、大きな事件に繋がることもある。

「計画的な犯行をやりにくくするために、警備隊へ重点的に見回る地点を指示しておきます。できることをしておきましょう」

「ありがとうございます。わたしも資料をまとめておきますね」

茉莉花は天河に礼を言いつつも、本当にこれで二人の花娘を守りきれるかどうかが不安になってしまった。

翌日、茉莉花は仕事帰りに稽古場へ急ぐ。

果温が自主練習につきあってほしいとまた頼んでくるかもしれないし、香綺と話をしたかったのだ。

あともう少しで着きそうだとほっとしたとき、門から香綺が出てきた。

（もしかして、今日は自主練習ができない日なのかしら）

茉莉花は慌てて香綺の名前を呼ぶ。

「香綺さん！　お疲れさまでした。今日は……」

ゆっくりと振り返った香綺の表情はとても暗い。どうしたのかと茉莉花は驚き、駆け寄って顔を覗きこんだ。

「あの……、自主練習ができない日だったんですか？」

「……できる日です。私は考えたいことがあって」

香綺のこの言い方からすると、果温や他の人たちは残っているのだろう。香綺だけ先に出てきたようだ。そして、家の人の迎えを待たずに帰ろうとしている。

「香綺さん、お茶でも飲みませんか。一人で帰るのは危ないですから、家の人が迎えにくるまで一緒にいましょう。武官の方も立ちよる店がすぐ近くにありますから」

話を聞きましょうかではなく、危ないからという理由を使い、茉莉花は香綺を店に連れていった。

香綺はいつもの調子だったら茉莉花の誘いを断っただろうけれど、今日は力なく「そうします……」と言ってついてくる。

茉莉花は店に入って席につくと、香綺にどれがいいかを聞くことなくおすすめの茶を店員に二つ頼んだ。

「今日のお稽古で上手くいかないところがあったんですか？」

「……いつも上手くいっていないじゃないですか」

その通りだったので、茉莉花はさてどうしようかと考える。

「夏絹先生に呼び出されていたことがありましたよね。もしかしてそのことで……」

とりあえず、色々な話題を振って、反応を見て、上手く探りあてていくしかない。

しかし、一つ目の話題で大きな反応が得られてしまった。

「どうして私が花娘から降ろされるかもしれないことを貴女が知っているの!? 先生が貴女と果温さんには教えていたわけ!?」

茉莉花は、何度も同じところを注意されたけれど直せなかったとか、上級者だからこその厳しい指導を受けているとか、そういう悩みを想像していた。しかし、想像よりも遥かに大変な事態になっていたらしい。

「いいえ、その話は一度も聞いていません。……先生はどのようなことを言っていたんですか？」

茉莉花にも心当たりぐらいはある。香綺と果温は夏絹から息を合わせるようにと言われたあと、果温は茉莉花とそのための練習をしていた。そして果温はなにかを摑めたという顔をしていた。

けれども香綺は、自分の練習だけをしていたのだ。おそらく、その違いがはっきり表れてしまったのだろう。

「先生は……、果温さんは呼吸を合わせようとしているけれど、私が合わせていないからばらばらになると……。このままでは代役の人に入ってもらうことになるかもしれないと言っていて……」

茉莉花は少しほっとする。この言い方なら、香綺への叱咤激励だろう。本気で香綺を花娘から降ろそうとしているわけではなさそうだ。

「私は合わせようとしているのに、先生には伝わっていなくて……」

はぁ、と香綺は息を吐き、今にも泣きそうな顔をする。

茉莉花は、参考になるかどうかはわかりませんが……と切り出した。

「実はこの間、琵琶を得意としている知り合いの方に、舞と琵琶の合わせ方についての助言をもらったんです」

「……助言⁉　どんな⁉」

なんでもいいから教えてほしい、と香綺はすがるような視線を送ってくる。

「上手い人が下手な人に合わせるべきだ、とその方は言っていました」

香綺にとってそれは予想外すぎる助言だったらしく、眼を円くしている。

茉莉花はその気持ちがわかってしまった。下手な人が上手い人に合わせるべきだとずっと思っていたのだ。

「もしかしたら、言葉通りの単純な意味ではないのかもしれません。上手い人は上手い人にしかない感覚をもっていますから」

「……そうね、それはわかります」

香綺は素直に頷いた。

茉莉花は、今なら香綺と会話ができるかもしれないと、穏やかに語りかけてみる。

「明日、果温さんにもその話をして、自分の得意不得意を教え合ってみましょう。相手の苦手な部分に合わせてみたら、なにか掴めるかもしれません」

「明日？」

香綺は眼を細め、低い声を出した。

茉莉花は、自分の発言になにか問題があっただろうかと焦る。

すると、香綺は茶を一気に飲み干して立ち上がった。

「今から私と貴女で合わせてみましょう。私の家にきてください」

「えっ、あっ……はい！」

茉莉花も慌てて立ち上がり、会計をすませて店を出る。

二人ともいつもの時間に門のところへ行かなかったら騒ぎになってしまうので、急いで城下町の警備隊を探し、『香綺さんのお宅で練習します』という伝言を託しておいた。

「ただいま。茉莉花さんと花娘の練習するから邪魔をしないでね」

香綺は出迎えた家の人……おそらく母親にそれだけ言うと、二階に上がっていった。

茉莉花は家の人に慌てて頭を下げる。

「花娘の長女を務めることになりました皓茉莉花と申します。お邪魔します」

突然すみませんと謝ってから香綺についていけば、どうやら香綺のための練習部屋のようなものがあるらしく、家具が一つも置かれていない部屋に通された。

「琵琶はこれを使ってください。お姉ちゃんの古いものだけれど、音ぐらいは出ます」

香綺は隣の部屋から椅子をもってくる。

茉莉花は急いで端に荷物を置き、その椅子に座って琵琶を抱えた。

「なら私に……じゃなかった。私が茉莉花さんの琵琶に合わせてみます」

さぁ始めてください、と促され、茉莉花は琵琶を鳴らす。

妙な緊張をしてしまい、いつも通りに指が動いてくれなかったけれど、香綺は茉莉花の音にきちんと合わせてくれた。

いつもの茉莉花なら、上手い人たちに置いていかれないよう必死に弾いているけれど、今回は香綺が茉莉花に合わせて舞うという試みなので、遠慮なく好きなように弾いてみる。

(上手い人ってすごいわ……!)

茉莉花の『間違えないように弾きたいときの速さ』に合わせ、香綺はゆっくりと、それでいて優雅に舞ってくれた。

これは稽古で何度も合わせてきた曲だけれど、今回が一番しっかり合っている気がする。上手い人が下手な人に合わせるというのは、こういうことなのだろう。

「どうでしょうか……？」

茉莉花は最後の一音を鳴らしたあと、香綺にそっと声をかけてみる。

香綺はなにかをじっと考えていた。

「……音と舞が合っていました。私が合わせているから、当然ですけれど」

「そうですね」

「なんだかゆっくりしていてもどかしいけれど……でも、速く舞うことが大事というわけでもないし……その分だけ丁寧に指先まで気を遣えるし」

うんうんと香綺は頷く。

「もう一度合わせてみましょう。好きに弾いてください」

茉莉花は再び琵琶を鳴らす。先ほどよりは余裕ができて、指がもう少し滑らかに動くようになっていた。

前回とは速さが少し変わっているのに、香綺はそれでもしっかり合わせてくれる。

「ねぇ……、あまり上手くないんですけれど、私の琵琶に合わせて舞ってもらってもいいですか？」

「はい。わたしも上手くないのですが、それでもよければ」

「私の琵琶よりは上手いですよ。私は本当に初めて琵琶を触ったので。……生まれたらもうお姉ちゃんが琵琶を弾いていて、私はそれに合わせて踊るだけでよかったから」

琵琶があっても弾けない理由を、香綺は恥ずかしそうに告げた。

茉莉花はそうだったんですねと微笑む。

「下手なりに、果温さんがどういう気持ちで弾いているのかを理解してみます」

香綺は姉の琵琶を抱え、ゆっくりと音を鳴らした。

ところどころつっかえるし、苦手な部分は遅くなるし、反対に弾けるところは一気に速くなる。

茉莉花は音に振り回されながらも必死に舞う。

「もう一度いいですか？」

「大丈夫ですよ」

香綺の指が慣れてきたようで、前回よりも滑らかに奏でていた。

茉莉花は必死に音を聞いて、なんとか音に合わせようと頭と身体を精いっぱい使う。

「ねぇ、茉莉花さん。最初のところだけれど……。先に腕を動かして、あとから手首をそらして……こう、わかります？」

香綺が手本を見せてくれる。

茉莉花は香綺の言いたいことを理解できたので、ゆっくり真似してみた。ぎこちないけれど、練習したらできそうだ。

「こうすると動きが大きく見えます。実際に動かしている範囲は同じなんですけれど。少しでも華やかに見せる技術というか……」

上手い人ほど、一つの振りの中に様々な工夫がある。

全力を尽くすのであれば、茉莉花も香綺のように工夫しなければならない。

「ここはあとから首がついていくんです。先に腰を回して」

「ええっと……」

「違います。もう一度」

香綺が無理やり茉莉花の首を固定し、腰だけを動かせるようにしてくる。

実際にやってみたら脇腹がつりそうになった。これは日頃から舞の練習をしていないと、自力ではできない動きだろう。

「あの……、もう一度押さえてもらってもいいですか？」

「……一人でできないんですか？」

香綺が眼を見開く。茉莉花は申し訳なく思いつつも頷いた。

「できるように練習します」

茉莉花の言葉に、香綺は眼を細める。

「ずっと思っていたことなんですけれど、貴女は花娘の長女だから、どれだけ琵琶や舞の練習をしても披露できませんよね。真面目に練習する意味はあるんですか？」

　香綺が疑問をぶつけてきた。責めるような口調ではない。ただ本当に疑問に思っていたのだろう。

「たくさんありますよ。わたしは花娘で、本番中は香綺さんと果温さんの一番近くにいます。なにかあったら、わたしが一番早く助けることができるんです。とっさになにかしたいのなら、お二人がなにをしているのかをしっかり理解しておく必要があるでしょう。それに、舞も琵琶も、私的な場面でも公的な場面でも役立ってくれます。言葉以外の方法もときに必要ですから。そのための技術を一流の先生に教えていただける機会なんて、なかなかありません」

　茉莉花がなぜ真面目に練習しているのかを説明すると、香綺が眉間にしわをよせる。

「いつもそんなに色々なことを真面目に考えているんですか？　頭が疲れませんか？」

「考えることは文官の仕事ですから」

「あ、そっか」

　香綺は茉莉花の話に納得できたらしい。文官って大変なんですねと真面目に頷いている。

（ようやく香綺さんがわたしに興味をもってくれた。……少しは打ち解けられたのかもしれない）

　時間がかかったけれど、茉莉花の言葉が香綺の心に届きそうだ。

「わたしはそろそろ帰りますね」

それでは、と茉莉花が荷物を抱えようとしたら、香綺が引き留めてきた。

「ここまで連れてきて、練習につきあわせて、はいまた明日なんてことを言えるわけないですよ。夕飯を食べていってください」

香綺はそう言って部屋を出て、母親に「茉莉花さんも夕飯を食べていくから！」と叫ぶ。

「茉莉花さん、夕飯までもうちょっと練習につきあってほしいんですけれど……」

「はい、勿論です」

香綺は琵琶を奏でたり、舞ってみたりと、自分の気になるところを確認していく。

どうやら少しずつではあるけれど、香綺も手応えを摑めているようだ。

「私にもできないことがあるように、果温さんにもできないところがあるはず。果温さんにどうしてほしいのかを聞かないと上手く合わせられないわ」

香綺は当たり前のことを言い出す。しかし、香綺なりに深い意味があるのだろう。

次の稽古のときには、香綺と果温が話し合いをするはずだ。夏絹はその光景にきっと満足してくれるだろう。

翌日、稽古前に香綺が果温に話しかけていた。すると、果温は驚きすぎて固まってしまった。

茉莉花は慌てて二人の間に入る。

——香綺さんは果温さんの得意なところと苦手なところを知りたいと思っていて、自分の得意なところと苦手なところを果温さんにも知ってほしいと思っているんです。

茉莉花の話を聞いた果温は、ようやくぎこちなく頷いた。

「ここの動きがどうしても詰まってしまって……」

香綺が果温の楽譜（がくふ）を見ながら、苦手な場所を教える。

「どうして詰まるのかわかりますか？」

果温が原因を問えば、香綺はう～んと唸った。

「多分、曲のどこにいるのかがわからなくなっている気がします」

どうしてと問われても、言葉にしにくいものもある。

そういうときには、茉莉花（まつりか）もそっと手助けをした。

「果温さんに強弱をつけてもらいますか？　この音とか」

「そうですね。目安になる音があると助かるかも」

香綺の苦手な部分の話のあとは、果温の苦手な部分の話をする。

走ってしまう音があると言われても、琵琶を専門的に学んでいない茉莉花と香綺はその意味を理解するところから始めなければならなかった。理解したあとは、香綺が動きに緩急を少し入れて走りにくくなるような工夫をしてみる。

(先生がこちらを見ている)

夏絹が求めていたのは、果温と香綺の協力し合おうとする姿勢だ。

(そうよね。どれだけ才能があっても、どれだけ上手くても、それだけでは後宮を生き抜いていけない)

後宮の妓女だった夏絹は、誰よりもそのことをわかっている。

だから香綺に厳しいことを言い、協力することの大切さを学ばせようとしていたのだ。

(ただ後宮に送り出そうとするだけではなく、そのあとのことも考えてくれている。夏絹先生は素晴らしい先生だわ)

指導というのはとても難しい。

茉莉花は、夏絹から学ぶべきことがまだまだたくさんあるようだ。

ようやく花娘の舞と楽が合い始めた。

香綺と果温は話し合いをしたことによって同じ方向を見ることができるようになり、一気に合わせやすくなったようだ。

ここまできたら、茉莉花にできることはほとんどない。不安要素が一つ減ったことに喜びながら稽古場に向かったけれど、着くなり驚きの声を上げてしまった。

「果温さんの弟さんが怪我をした……!?」

昨夜、果温の弟が道端で知らない男たちに絡まれ、殴られたり蹴られたりした……という話を香綺がこっそり教えてくれる。

「私はお父さんから教えてもらったんです……。幸い、大怪我をしたとかではないんですけれど……弟さんは脅されたみたいで」

「脅す?」

「次はお前の姉の番だぞって……」

花娘から降ろしたいだけならば、その方法はいくらでもある。

家族や友人に怪我をさせて脅す。

それから――……。

「香綺さん！　貴女のお父さまのお店が……！」

夏絹が稽古場に駆けこんでくる。

香綺の顔は一気に青ざめた。

「父は無事なんですか!?」

「怪我人はいないそうですが……」

「すみません！　すぐに戻ります！」

香綺が出て行ったあと、果温が入れ替わるようにしてやってくる。しかし、果温の顔色は悪い。弟のことが気になって練習に集中できないようだ。

夏絹は、この状態で練習したら怪我をするかもしれないと心配し、今は別のことをすべきだと判断した。

「衣装が完成したので着てみましょう。少し動いてみて、不具合がないかどうかを確認してください。今ならまだ直せますから」

裾や袖の長さは、それぞれに合わせてもらっている。

茉莉花は、衣装を着ることで少しでも果温の気分が変わってほしいと思った。

首飾りに腕輪、歩揺。そういった細かいものをひとつひとつ確認しながらつけていくと、うしろから小さな悲鳴が聞こえてくる。

「痛っ……！」

「どうしましたか⁉」

夏絹がすぐに果温の様子を見にいく。

果温は首のうしろを押さえていた。

「……果温さん、動かないでください」

夏絹は果温の首のうしろにそっと指を入れ、なにかをつまむ。

茉莉花は、夏絹が取り出したまち針に気づき、息を呑んでしまった。

「果温さん、茉莉花さん。一度すべて脱いでください。私がもう一度衣装を確認します」

「はい……」

茉莉花はそっと衣装を脱ぎ、呆然としている果温を手伝う。

こういうときは、下手に慰めてはいけない。慎重に言葉を選んでいく。

「あとで一緒にもう一度衣装の確認をしましょう。香綺さんの分も」

「………」

果温はなんとか頷いてくれたけれど、果温の身体の震えは止まらなかった。

（針一本で花娘ができなくなるほどの怪我をさせられるわけがない）

これは代役の子のうちの誰かによるただの嫌がらせか、もしくは様々な嫌がらせを続けていくことによって果温が自ら花娘から降りるようにさせたいかのどちらかだろう。

「茉莉花さん、果温さん。衣装の確認が終わりました」

「ありがとうございます。果温さんともう一度自分で確認してみます」

「そうしてください。……香綺さんがくるまで、少し休憩にしましょう」

休憩もなにも、そもそも今日はまだ稽古に入れていない。

茉莉花は衣装を広げながら、どうすべきかを考える。

(花娘がただ無事であればいいわけでもない。果温さんが安心していつもの力を発揮できないのなら、守ることに失敗しているのと同じだわ)

優しくて繊細な果温は、小さな脅しでも不安になるだろう。

香綺は自分への嫌がらせには負けないと強がれるかもしれないけれど、家族になにかあれば動揺するはずだ。

(武官が守ってくれるから大丈夫だという話をしても、今は気休めにもならないかもしれない)

とりあえず、天河に相談してみよう。守る対象が不安を感じていた場合の対処法を、彼なら知っているかもしれない。

今日はもう解散した方がいいということになったので、茉莉花は武官の迎えを待たずに一人で月長城へ向かう。

(一応、陛下にも花娘への嫌がらせがあったという報告をしておこうかな……)

そんなことを考えながら歩いていると、うしろからきた馬車が緩やかに横へ並んだ。

茉莉花は馬車から慌てて距離を取ろうとしたのだけれど、その馬車に見覚えがあったので足を止める。

　すると、馬車も止まり、馬車の中から声をかけられた。

「そこの花娘さん。ちょっと道を尋ねたいんだけれど、いいかな？」

　馬車の扉が開き、そこから出てきた手に招かれる。

　茉莉花がおそるおそる近よれば、その手は茉莉花の手を掴み、無理やり中にひっぱりこんだ。

「これはよくある誘拐の手口だよ。気をつけて」

　馬車の中には、穏やかに微笑んでいる珀陽がいた。

　茉莉花はため息をつきながら椅子に座る。

「陛下が乗っていらっしゃるとわかっていたから近づいたんです」

「ああ、たしかに一度、この馬車に茉莉花を乗せたことがあったね。違う馬車にしておけばよかったかな。……今日はね、城下に用事があったんだ」

　珀陽は「皇帝の仕事だよ」と窓の外を指差す。

「花市の見物のときに使う宿を見てきた。私が行く必要はないんだけれど、たまには出かけないといけないから」

　珀陽は通りを歩いていく人々の姿を見て、うんうんと頷く。

「城下を見ていたらこんなことに気づいたから改善しよう、と皇帝として言い出さなければならないときがあるからね。定期的に、皆にわかるように、皇帝としてこっそり出かけている␣んだ」

『皆にわかるように』と『皇帝としてこっそり』は両立する。

皇帝はいつでもなんでも自由にできるわけではない。こうやって細かいこともしなければならない面倒な仕事だ。

「花市まであと少しだけれど、調子はどう？」

「……花娘の舞と琵琶は、皆さんのおかげでどうにか仕上がるところまできましたが、花娘への嫌がらせがひどくなっています」

茉莉花は文官になってから、命の危機というものに何度かさらされている。しかし、だからといって危機に慣れたというわけではない。そのときは命の危機を感じる余裕すらない状況だったから、なんとか恐怖から眼をそらせていただけだ。

茉莉花は武官の人に何度も守ってもらえた。信頼関係が築かれた。だからこそ危ない場面でも、彼らがいるなら大丈夫だと思える。

（でも、香綺さんや果温さんは違う）

大丈夫ですよ、と声をかけておけば安心してもらえるわけではない。

「こういうときは原因を取り除くのが一番いいけれど、怪しい人物があちこちにいる状態だから難しいね」

「はい……」

きっと毎年、花娘は不安にさせられている。耐えきれた者だけが華やかな舞台に立てる。たしかにそのぐらいのことができなければ、後宮では生き抜いていけない。

（それでもわたしは……、二人の努力が報われてほしい）

彼女たちが安心して実力を発揮できるようにするのも、官吏の役目ではないだろうか。

文官がその方法を考え、武官が実際に守る。そうでありたいと思う。

「茉莉花には力がある。やりたいことがあればやっていいんだよ。……今のうちに小さな恩をあちこちに売っておくのも、官吏の仕事の一つだ」

「……はい！」

茉莉花の迷いを見抜き、珀陽はやってもいいと言ってくれた。

ならばあとは最善の方法を考え、できることをやるだけだ。

（今からできること……原因を取り除く……。でも、関係者を全員守るとなると人手が足りなくて……）

香綺や果温を守ることだけならできる。

安全な場所に、それこそ月長城にきてもらって、そこで稽古をする。家族にもきてもらう。しかし、彼らには仕事がある。そして、友だちを全員呼ぶのはさすがに無理だ。

（どうしたら花娘の関係者全員が誘拐も襲撃もされないようになるのかしら）

茉莉花は文官になってから、誘拐事件に関わったことが一度だけある。

少し前、黒槐国に行って珀陽の叔父の仁耀がいるかどうかを確かめる、という任務を与えられたことがあった。

茉莉花たちは黒槐国の官吏にとても警戒された。もしかして仁耀がいるのでは……と思い、実際にその通りだったけれど、実は警戒された理由は別のところにあったのだ。

（黒の皇帝陛下が誘拐された直後にきてしまったのよね……）

茉莉花たちは、黒の皇帝誘拐事件の捜査を手伝うことになった。そして茉莉花は、仁耀から誘拐事件というものについて色々なことを教わったのだ。

結局、この皇帝誘拐事件は、皇帝が自ら逃亡しただけだったけれど、あのときに教えてもらったことは参考になるだろう。

（でも、あの事件での一番の学びは、思いこみはよくないということよね）

全員が『皇帝は誘拐された』と思いこんでいたため、誘拐事件として捜索してしまい、最後まで真実がわからなかった。

大きな事件は、小さな疑問を呑みこんでしまうこともある。

（たとえば……、問題が同時に発生するとか。香綺さんが誘拐されたと騒ぎになったあと、果温さんが襲われることだって……）

皆、大きな事件があれば、そちらに気を取られる。

そのことを意識しておかなければならないと思ったとき、茉莉花はなにかがひっかかった。

――大きな事件があれば、そちらに気を取られる。

実際に黒槐国で経験したことだ。

そして、似たようなことが他にもあった。

ついこの間、バシュルク国にいたとき、ムラッカ国に攻められるという大きな事件が発生し、焦った軍事顧問官は茉莉花に誘導されてしまい……。

(大きな事件を起こせば……! ちょうどいいものはないかしら……!?)

準備の時間はそこまで取れない。いつもの癖で細かい作戦を立ててしまわないように、別の視点から考えた方がいいだろう。

たとえば――……ついこの間、試してみた『犯罪者の視点』とか。

「――陛下! 誘拐です!」

そうだ、と茉莉花は気づいた。珀陽と同じことをしたらいいのだ。答えはこんなところにあった。

「茉莉花?」

「大丈夫です! このために街づくりをしていて……、いつもの帰り道……逃走経路……

身代金の受け渡し場所……！　武官を出し抜く方法ならあります！」

　茉莉花は誘拐に必要な条件を急いで揃えていく。

　子星に言われてから城下町づくりをずっとしていたけれど、こんな場面で役立つなんて思ってもみなかった。

（わたしの城下町に足りなかったものは犯罪者……！）

　これだ！　と茉莉花は眼を輝かせる。

「証拠を残すことなく誘拐できると思います！」

　茉莉花が嬉しそうに報告してくる姿を見て、珀陽は穏やかに微笑んだ。

　天才語は難しいなぁと思いつつ、茉莉花がなにに思い悩んでいたのか、そして誘拐という単語からなにを導き出したのか、順番にゆっくり考えていき──……なるほどと感心した。

「とりあえず、月長城に戻ったら天河と相談しようか」

「はい！」

　茉莉花は、やるべきことを頭の中でまとめていく。

　襲撃ではなく誘拐なら、誘拐犯には目的というものがある。犯人は家族の元に手紙を届けようとするはずだ。その手紙を複数用意して、それぞれ異なる内容にしておけば、間諜のあぶり出しにも使える。身代金の受け渡しの時間を変えておけば、武官を多く配置する必要はない……と別の計画も同時に立てていく。

「う〜ん……」

珀陽は、折角の茉莉花との二人きりの時間だったけれど、茉莉花が生き生きと作戦を練っているため、おとなしくしていることにした。

――君の願いは文官の君が叶えてくれる。

かつてそんなことを茉莉花宛の手紙に書いたことがある。

誰かを助けたいという茉莉花の優しい願いは、きっとまた叶うだろう。

「でも多分、そこまで完璧な犯罪をしなくてもいいと思うんだけれどね」

細かい部分まで意識が回る人間だからこだわってしまうのかな、と珀陽は苦笑した。

大きなことをするためには準備が必要だ。

茉莉花が子星に助けを求めたら、子星は頼りになる文官を貸し出しますと言ってくれた。

――新人にもできる仕事というのは限られています。有能な新人はどうしても時間をもてあますので、誰かのお手伝いもできるんですよ。

茉莉花のための助っ人は春雪だ。

　春雪ならば遠慮も説明もいらないと、茉莉花はしてほしいことを次々に頼んでいく。

「世話役になってくれるくちの固そうな人がほしいの」

「暇そうで細やかな気遣いができてしっかりしている文官って、結構難しい人選なんだけど!?　はい、この人ならいいんじゃない!?」

「当日、人目につかない経路で月長城を出たくて……」

「官吏の予定表からすると、この経路がいいと思う！」

「武官に提出する書類を……」

「書いておけばいいんでしょ！　書いておけば！」

　春雪が「どれ!?」と怒りながら茉莉花の手の中にある書類を奪い取る。

「あんた、いつか絶対に人使い荒い上司だって評判になるからね！」

「えっ!?　こんなこと、春雪くんにしか頼めないわ……！」

「あんたと同じ部署にならないように、これから毎日白虎神獣廟にお参りしておく！」

　春雪は、茉莉花に頼まれたことがどんどん積み重なっていったので、ぞっとした。

　茉莉花は相手をよく見ている。だからこそ、どの作業をどの順番で頼んだら一番効率がいいのかを考え、相手を休みなく働かせることができるのだ。

（相手をよく見る癖があるってことはつまり、こういう最悪なことができるということなんだよね……！）

春雪は恐怖を感じる。死なない程度に、辞めない程度に、ぎりぎりのところまで人を動かすことを、茉莉花はやろうと思えばできてしまうだろう。

「そういえばわたし、最近になって完全犯罪の方法を考えるようになったから、困ったときは相談してね」

「相談しない！　僕にその予定はないから！」

茉莉花からの重たい友情を感じた春雪は、そんな友情はほしくないと慌てて首を横に振って断った。

「じゃあ、あとはお願い！　わたしは被害者を迎えにいってきます！」

茉莉花は必要なものをもって駆け出す。

春雪は、自分の作業は茉莉花の戻りに合わせて終わるよう調整されているんだろうな……と身体を震わせた。

月長城を出た茉莉花は、路地に入ったところで待っていた天河へ声をかける。

「お待たせしました！」

天河が用意してくれたのは特徴のない荷馬車だ。誰かに見られても記憶に残らないものにしてほしいと頼んだら、すぐに手配してくれた。

そして、絶対に武官とは思われない格好を、この計画の実行役たちにしてもらった。

「それでは行きましょう」

馬車の行き先は香綺の帰り道だ。武官たちには、道の端で車輪が壊れて困っているというふりをしてもらうことになっている。

「すみません、この辺りに修理道具をもっていそうな家はありませんか？」

武官の一人が通りかかった香綺の父親に声をかければ、香綺の父親はきょろきょろと周りを見た。

「それならいっそ、荷馬車が停まるところに行った方がいい。そこなら道具があるだろうから……」

香綺の父親が道を教えようとして娘から眼を離した隙に、天河が香綺にそっと近づく。

「……香綺さん、予定通りに」

茉莉花から手紙をもらっていた香綺は、わずかに頷いた。

天河はぱっと香綺を抱え、馬車に連れこむ。

「なっ……！　おい、あんた！　娘になにを……！」

武官たちの行動は早い。香綺を馬車に連れこみ、修理をする必要がなかった馬車を急いで走らせる。

香綺の父親は、勿論大声を出して助けを求めた。

「誰かきてくれ！　娘が攫われた！　誰か～～‼」

城下町の警備隊がその声を聞きつけ、駆けつける。しかし、そのときには馬車が走り去ったあとで、香綺の父親が指差した方を見ることしかできなかった。


「香綺さん、大丈夫ですか？」

茉莉花は荷馬車の中で、予定通りに攫われてくれた香綺へ声をかける。

「……大丈夫です」

「あ、ここで乗り換えてもらいますね。わたしは果温さんのお迎えにも行かないといけないので、またあとでゆっくりお話をしましょう」

「はい、またあとで……」

香綺は馬車の中にいる天河をちらりと見る。

「あの……」

「あとで茉莉花さんから説明があります。どうぞこちらへ」

「……そうですか」

香綺は言われるまま馬車を乗り換え、渡された大きめの外套をかぶって顔を隠す。

そして、促されるまま月長城の廊下を歩いていけば、とても可愛い顔の少年に迎えられた。

「どうぞ。ここでお待ちください」

上等な部屋で、中は暖かくなっていて、もてなそうという気持ちが現れている。

しかし、『帰り道で誘拐しますので驚かないでください。詳しい説明はあとでします。この手紙は細かく破き、袋かなにかに入れておいてください』の手紙だけでは、大まかな説明すらもできていないような気がした。


茉莉花は香綺のときと同じ手口で果温を誘拐し、きちんと大げさな演技をしてくれた果温の父親に感謝しつつ、果温を連れて月長城内を歩く。

それから香綺と果温に茶を入れ、どうぞと渡した。

「あの……茉莉花さん、これはどういうことですか？」

香綺の質問に、茉莉花は微笑んだ。

「明日から二日間、花市の出番までここで練習してもらいます」

「……ここで」

茉莉花の説明に、香綺と果温は部屋の中を改めて見る。

「表向きは、二人とも誘拐されたことになっています」

香綺の父親にも果温の父親にも、『娘さんが誘拐されたふりをしてください。説明はのちほどします』と言ってある。

もう少ししたら父親二人も月長城にくるので、武官も交えて色々な説明をする予定だ。

「なんで誘拐されたふりを……？」

果温がよくわからないと首をかしげた。香綺もそうだと頷く。

「花娘は色々な人に狙われています。ただの嫌がらせから、命を脅かすようなものまで、目的も手段も様々です。ひとつひとつの狙いを探り、どう守ればいいのかを丁寧に考えている時間も余裕も、今はありません」

皇帝を狙った事件なら武官全員が動くけれど、花娘の場合は担当の武官しか動いてくれない。今回は、茉莉花が花娘になったことで、そして皇帝陛下が見物にくるということもあって、担当の武官の数が増えた。しかし、数人増えたぐらいでは、できることは限られている。

「花娘を狙っている人の目的を果たすことで、お二人を守ることにしました」

茉莉花が言いきれば、香綺と果温が顔を見合わせる。

「花娘が誘拐されてしまえば、花娘を狙っている人たちはこれ以上のことをしません。誰かがやってくれた。助かった。あとは当日まで戻ってこないことを祈るだけ……となっているはずです。ご家族もご友人も、もう狙われなくなります」

「あ……！」

誘拐事件という最悪の展開を自ら安全に起こすことで、悪意をもった人たちの目的をまとめて果たす。

花娘は安全な場所で安心して稽古に励むことができる。

そして、当日は無事に保護できたと言い、武官に守られながら戻ることができる。

茉莉花の説明を聞いて、香綺と果温の表情が一気に明るくなった。

「さすがに花をまいているときに卵を投げつけられたら避けようがありませんが……」

「卵ぐらいどうってことないわよ！　着替えたらいいだけだもの！　こうなったら素敵な衣装なんてどうでもいいわ！　皆の前で舞えたらそれでいい！」

香綺の強気な発言に影響されたのか、果温も頷いている。

一度、最悪の展開を想像したことによって、逆に今の状況が恵まれているように思えたのだろう。二人ともやる気を出してくれたようだ。

「嫌なやつらが油断している間に、最後の仕上げをしましょう！」

「はい！」

このあと、二人の両親に月長城へきてもらい、自分の娘が無事であることを確認してもらった。そして、自分たちの身を守るために思いっきり動揺している演技を続けてほしいとも頼んだ。

「夏絹先生には、どうなってもいいように準備をしておいてくださいと言ってあります。代役の子たちに期待をさせてしまって申し訳ないのですが……」

これからの予定が決まったら、あとはぎりぎりまで練習だ。

茉莉花は礼部の仕事もあるので、朝や昼休み、夜といった時間を使い、二人の練習につきあった。

間諜のあぶり出しに関しては計画だけを立てるだけにして、あとのことは天河に託す。

「身代金の受け渡し場所が二十カ所……ですか。すごいですね」

「細かすぎますか……？」

武官に負担をかけすぎていないだろうかと、茉莉花は不安になる。

しかし、天河は首を横に振った。

「一つ一つの作業は単純なものです。これなら大丈夫です、任せてください」

身代金の受け渡し場所と金額は、どちらも秘密にしなければならないものだ。けれどもこれは偽の事件なので、どれだけ情報が流出しても問題ない。

「身代金の受け渡しの失敗、よろしくお願いしますね」

花娘を狙う者たちを安心させるために、身代金の受け渡しはどれも失敗することになっている。

運悪く失敗してしまったように見える身代金の受け渡し場所も、しっかり選んでおいた。

茉莉花は、城下町づくりをしてきてよかったと改めて思う。これは完璧な犯罪をするために絶対欠かせないものだ。

黒髪と日に焼けた肌、ゆったりとした異国調の服を着た背の高い青年が、白楼国（はくろうこく）の首都にやってきた。

見る者が見れば、この青年は叉羅国人（サーラこくじん）だと気づけるだろう。

「おお、みんなが祭りの準備をしているぞ。たしか、花市と呼ばれているんだったな」

青年はあちこちを見たあと、首をかしげる。

花の祭りにしては、飾りつけられている花が足りない。派手さもない。とても盛り上がる祭りだと道中で聞いていたのに、想像していたものとは違った。

「まぁいいか。折角だから祭りを見物して、それからマツリカとの『約束』を果たすぞ」

異国の青年は、白く輝いている月長城（げっちょうじょう）を見て満足そうに頷く。

「ラーナシュさま！　お待ちください！」

従者に名を呼ばれた青年は足を止める。それから笑顔で振り返った。

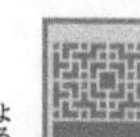

第四章

夜遅くまで舞と琵琶を練習している二人に、茉莉花はそろそろ……と声をかけにいった。

「お疲れさまです。練習しすぎも身体によくありませんよ」

きっと二人とも、明日のことを考えすぎてなかなか寝つけないだろう。少しでも落ち着けるようにと、甘い香りのする茶をもっていく。

「ずっと練習していたのに、踊りこみが足りない気がするわ」

香綺がそわそわしながら茶を飲んだ。

「皆さんの前で失敗したらどうしよう……って、つい考えてしまうんです」

果温はというと、琵琶を身体の横に置いていた。

（どうしようかしら……）

茉莉花も緊張して眠れなかったことがある。だからといって、よくあることだと二人を放っておいてしまうと、明日の一番大事なところで失敗してしまうかもしれない。

「ええっと、なにか話でもしましょう。明日のことを考えないように」

茉莉花の提案に、香綺と果温が顔を見合わせた。

「でも、どんな話を？　私たちの共通点なんて花娘以外にないですよ」

「あ、後宮のお話とかはどうですか？　茉莉花さんは、以前は後宮の女官をしていたんですよね？」

「駄目駄目！　後宮の話なんか聞いたら、余計に花娘の舞が上手くできるかどうかを考えちゃう！」

果温の提案に、香綺は首を勢いよく横に振る。

「なら……、恋の話をするのはどうですか？　後宮に入ったら、恋なんてできなくなりますから」

茉莉花の提案に、果温はちょっとわくわくするという表情になり、香綺もまあ……と今度は頷いてくれた。

「香綺さん、つい最近の恋の話はありませんか？」

「そうねぇ……。お父さんのお店に出入りしていた人がいて、ちょっといいなと思っていたんです。くるたびに、私にお土産をくれたし」

「どんな方ですか？」

恋の話を始めれば、最初はぎこちなくとも、すぐに声が弾むようになる。

香綺が憧れで終わったとしめくくれば、果温は少し前にお見合いをしたという話を始めた。素敵な人だったけれど花娘に選ばれたからお断りをした、という終わりだった。

「茉莉花さんは？」

「わたしは……」

珀陽との話をそのままするわけにはいかない。

茉莉花は、最近の出来事を所々変えながら話していく。

「前に……おつきあいしていた方がいたのですが、お見合いの話があって、仕事上断れなくて、恋人をもやもやさせてしまったことがあったんです」

「あ～、どうしても断れない話はあるし、それはしかたないですよ」

「そうですね。これぱかりは」

香綺も果温も茉莉花の味方をしてくれる。

茉莉花はありがとうございますと言って話を続けた。

「結局、お見合いの話は先方の都合でなくなったのですが、それがきっかけで別れることになってしまって……」

「そんな男、別れて正解です！」

「また素敵な出会いがあると思います……！」

「元恋人はしかたないことだと言ってくれたんですけれど、こういうときに本当はどうしたらよかったのかわからなくて」

茉莉花は既に終わった悩みですが、と苦笑したけれど、二人はとても真面目に考えてくれた。

「しかたないと言いながら、しかたないと思っていなかったのは間違いないですね」

「贈りものをするのはどうですか？　手作りのお菓子とか、手作りのお守りとか」

「手作り……やっぱりそれですよね。男の人は自分に時間をかけてほしいところがありますから」

香綺は何度も頷く。

「……時間をかけてほしいんですか？」

「なんかねぇ、愛情と時間を一緒にしている人は多い気がしますよ。まぁ、私だって高価な贈りものをされたら嬉しいですけれど」

それは愛情と金額が一緒になっているのでは……と茉莉花は香綺に笑いながらも、そういうものなのかと感心した。

「でも恋は駆け引きです！　相手の機嫌をとるだけでは駄目です！」

果温がぐっと身を乗り出してくる。いつになく積極的だ。

「駆け引き……わたしはどうしたらよかったのでしょうか」

「相手の機嫌をとったあとは、今度はこちらの機嫌をとらせないといけません」

果温が「ですよね！」と香綺に同意を求める。

「それはいい案ですね。自分から、今度は貴方の番って言ってもいいと思います」

強気な発言をする果温と香綺に、茉莉花は言葉に詰まってしまった。

恋する相手が同じ年頃の官吏であれば、茉莉花も恋の駆け引きというものができるかもしれない。しかし、恋する相手は皇帝だ。そんなことはできない。

（詳しいことはこの二人に話せないし……）

茉莉花の悩みは結局解決しなかったけれど、元々の目的はどうやら果たせたようだ。香綺も果温も、表情がとても明るくなっていた。

茉莉花は香綺と果温の部屋を出たあと、武官と細かい打ち合わせを行った。

嬉しいことに、天河はすべて順調だと報告してくれる。

ようやく今日やるべきことが終わった茉莉花は、一人で月長城の廊下を歩いていた。

夜空が澄んでいて、星が綺麗に瞬いている。きっと明日は気持ちよく晴れるだろう。

（天気だけはどうにもならないもの）

雨や雪、ひどい強風にならなくてよかったと思っていると、いつの間にか廊下の先に珀陽が立っていた。

「陛下……！」

茉莉花は、自分を待っているのかもしれないと思い、駆け出す。

珀陽は穏やかに微笑みながらこちらをじっと見ていた。

「遅くまでご苦労さま」

「お気遣い、ありがとうございます」

珀陽の傍には従者がいる。茉莉花は文官として受け答えをした。

（あ……）

珀陽の指が動き、髪を耳にかける。

従者がいる前なのにどうしてなのかと思っていたら、珀陽は茉莉花の合図を待たずに話し始めた。

「明日はいよいよ花市だ。花娘の務めを立派に果たしてほしい」

これは皇帝としての言葉であり、そして珀陽個人としての言葉でもあると伝えたかったのだろう。

茉莉花は自分の袖をそっと直すふりをして、文官として、茉莉花個人として、その言葉を受け止めたいと示した。

「それから、存分に楽しんでほしい。君の夢にまた一歩近づく日だから」

「はい……！」

皇帝に、好きな人に、自分の夢を応援されている。

それはとても幸せで贅沢なことだ。

明日は、楽しめるところは精いっぱい楽しもう。

花娘たちが恋の話で盛り上がっていたころ、商工会の詰所は重苦しい雰囲気に包まれていた。花娘が二人も誘拐され、そして身代金の受け渡しが上手くいかず、まだ戻ってきていないのだ。

「……身代金目当てではないだろうなぁ」

誰かがぼそっと呟く。隣にいた商人はすぐに「こら！」と叱った。

ここにいる皆は、花娘がどうして誘拐されたのかをわかっている。

犯人は金目当てではない。香綺と果温を花娘にしたくなかっただけだ。

「犯人は代役の誰かの関係者だろうな……」

「間違いない。でも容疑者が多すぎるって」

商工会詰所にいる商人たちは、明日の準備をしながらひそひそと小声で話した。気の毒だけれど、あの二人は花市が終われば無事に戻ってくるだろう。

「花娘の長女は……」

「彼女は月長城で誘拐事件の捜査に加わっているらしい。まあ、その方がいい。うっかり怪我でもさせたら、皇帝陛下の怒りを買う」

「だよなぁ」

外は前夜祭とばかりに人が集まっていて、とても賑やかになっている。

花娘が二人も誘拐されたから花市は中止です、というわけにはいかないのだ。明日は代役を立てて、なんとか無事に終わらせなければならない。

「おーい、禁止区域に出店がある！　撤去させるから誰かきてくれ！」

「わかった。どこだ？」

「皇帝陛下の馬車が通る道だ！　陛下が帰るまでは駄目だと通達したのに……」

今年は、皇帝が花市を見物しにくる。そのこと自体はありがたいのだけれど、こうして規制しなければならないことが増えた。

「陛下が一番見やすくなるようにしたから、そのことで問題が発生しないといいけれど……」

花市の一番の見どころは、街中に花をまいたあと、花娘が広場で祈りを捧げて舞と楽を披露するところだ。

皇帝が見物に使う宿屋を舞台の真正面にするために、今年は舞台の位置を変更していた。

「また苦情がきているぞ。商工会に属していない商人からなんだが……」

「ああ、それはだな……」

祭り前夜ともなれば、誘拐事件の心配ばかりしていられない。

皆、気の毒に……と思っていたけれど、やるべきことがありすぎて、なにもしてやれなかった。

花娘である香綺と果温がまだ戻らないのに、花市が始まってしまった。

まず花娘は、白虎神獣廟で舞と楽を捧げなければならない。

茉莉花は花娘の衣装を身につけ、白虎神獣廟の前に立つ。

最高級品の絹地を使い、美しい色の上衣に仕立てられた衣装。

乙女をうっとりさせる繊細で可憐な歩揺や首飾り。

手首につけられた軽やかな音を鳴らす鈴。

どれもこれも、少女の胸をときめかせるものばかりだけれど、茉莉花は別の意味でどきどきしていた。

——上手くいきますように。

香綺と果温をぎりぎりまで待ちましょう、と文官の茉莉花が頼んだおかげで、代役の子たちは馬車の中で待機したままだ。

皆は早く代役を立てたいという顔をしていたけれど、茉莉花は代役の必要がないことを知っている。ゆっくり深呼吸をしつつ、このあとの『突然の嬉しい報告に驚く』という演技を頭の中で練習しておいた。

「……うん？　あの馬はなんだ？」

こちらに勢いよく走ってくる馬が二頭。そして、紺色と薄紅色のものがひらひらしているのも見える。

なにか緊急の報告でもあるのだろうかと、白虎神獣廟の前に集まっていた者たちは目をこらし……、そして驚いた。

「あれは、まさか……！」

「間に合ったのか⁉」

花娘たちが馬のうしろに乗っている。ひらひらしていたのは彼女たちの衣装だ。馬に振り落とされないようにと必死の形相で、髪もひどいことになっているけれど、怪我はなさそうだった。

「茉莉花さん！　お待たせしました！」

武官が本当にたった今、花娘を保護して急いで連れてきたという演技をしてくれる。

茉莉花は驚いたという顔をつくり、よかった……！　と二人に駆けよった。

「無事だったんですね……！」

「え、ええ……なんとか……」

「………」

香綺はかろうじて返事をしたけれど、果温は馬の揺れから回復できていないようで、無言で頷くことで精いっぱいのようだ。

先ほどまで誘拐されていたのだからまだ怖がっているような演技をしてほしいと頼んでおいたけれど、馬の揺れのおかげでどうやらその必要はなさそうだった。

「二人とも、すぐに髪を直しましょう！」

茉莉花は、自分が乗ってきた馬車の中に二人を連れこむ。馬車の中には後宮から連れてきた髪結や裁縫を得意としている女官を待機させておいた。女官はすぐに二人の身なりを直してくれる。

茉莉花は馬車から出てきた二人の衣装をざっと見て、破れているところやほつれているところ、ねじれていたり汚れがついたりしていないかを確認していく。

「大丈夫です。行きましょう！」

茉莉花以外は代役を立てるつもりでいたので、突然の急展開についていけず、喜ぶよりも先に戸惑ってしまう。

茉莉花はそのことに気づいていたけれど、わざと無視をした。

「それでは白虎神獣廟に入ります」

茉莉花が商工会の人に宣言し、香綺と果温を連れていく。

入り口をくぐったあと、茉莉花は小声で二人に話しかけた。

「大丈夫ですか？　緊張していませんか？」

「馬のせいで緊張する余裕なんてないですよ……」

「……私もです」

ここまできたら、手順通りに儀式を進めていくしかない。

茉莉花が白虎神獣に祈りを捧げる。

商工会の人が供え物を祭壇に置く。

そのあと、果温が琵琶でうっとりするような音色を奏でる。

それに合わせ、香綺も美しい舞を見せた。

色々あったせいか、茉莉花は感動するよりも先に安心してしまう。

（よかった……。二人ともいつも通りの、……ううん、いつも以上の力を発揮できている。

素晴らしい琵琶と舞だわ）

香綺と果温の努力が報われてほしいと願った。その通りになった。

あとは――……花娘として花市を楽しむだけだ。

「次は馬車に乗ってもらいます。手すりから手を離さないように気をつけて」

「はい」

商工会の人たちも、中で儀式が行われている間に皆と連絡を取り合い、当初の予定通りに進めていくことにしたのだろう。

まだあちこちで混乱が見られるけれど、茉莉花としてはその方がいい。冷静になれば、嫌がらせをする余裕ができてしまうかもしれない。

「花娘、出発！」

改造された荷馬車の屋根の上に立った三人の娘は、籠を抱えながら手すりを掴む。

平地を走っているときはいいけれど、少しでも傾いたら危ない。

香綺は平然としていたけれど、果温はちょっと怖そうにしていた。

「そろそろ街の人が待っていますよ！」

茉莉花は集まってきた人たちを見て驚く。とにかく人が多い。

首都はいつも賑やかだけれど、今日は道の両端にすきまがなかった。どこを見ても、人、人、人だ。

彼らが歓声を上げれば、それは厚い音の壁となり、茉莉花たちを取り囲む。

皆の興奮が伝わってきて、茉莉花はどきどきした。

（すごい……！）

ずっと自分が花娘になってもいいのだろうかという不安を抱いていた。

けれども、この大歓声に包まれることで、受け入れられていることを感じて、ようやく心からの笑顔を浮かべることができる。

――精いっぱい楽しもう！

茉莉花は花籠に手を入れ、花を掴んで勢いよくまいた。

わぁっとひときわ大きな歓声が上がり、我先にと手が伸ばされる。

赤い花がほしい、白い花がいい、という子どものはしゃぐ声が聞こえてくる。

みんなが茉莉花を見ていた。茉莉花は興奮しているせいか、その視線に怯むことなく、逆に笑顔で手を振って応える。

「こっち！　こっちにも！」

「花をください～！」

茉莉花は、幸せな一年になりますようにという願いをこめながら花をまく。

皆の笑顔が眩しい。嬉しくなってしまう。

（花市はこういうお祭りなのね……！）

みんなが楽しそうにしている。茉莉花にできることは、この花をまくことと、祈りを捧げることだけになった。それが少し寂しい。

「花娘だ！」

「こっちにきたぞ～！」

「ねえ、皓茉莉花ってどの人⁉」

珀陽が言っていたように、皓茉莉花の名前を知っていても、顔は知らないという人が多かった。

茉莉花はそんな声が聞こえてくるたびに、わかる範囲で微笑みかけて花をまく。

「あの人⁉　もしかして、あの真ん中の人じゃない⁉」

「え⁉　亜麻色の髪の人⁉」

「だって禁色っぽいのつけてるから！」

自慢のように見えるかもしれないと迷ったけれど、禁色の小物である歩揺をつけておいて本当によかった。

晧茉莉花はあの人だ、と皆にすぐ気づいてもらえる。

「すごく綺麗な人だ！」

「今年の衣装、可愛い～！　あの薄布、どこで買えるのかな。あ、手を振った！　うわっ、振ってくれたよ！」

「こっち見てる！　どうしよう、噂通りの美人……！」

女の子の集団がきゃあきゃあとはしゃいでいる。

茉莉花はその子たちにも花をお裾分けした。

（あ……、あの子……！）

女の子が四書のうちの一冊を胸に抱きしめながらこちらを見ている。

茉莉花は手を振った。眼が合った気がする。女の子は驚いた顔をして、どうしようとおろおろし始めた。

（四書……、陛下が買ってくださったわたしの始まりの書物。懐かしいわ）

男の子は六歳ぐらいになったら当たり前のように読むものだけれど、女の子は違う。茉莉花も珀陽に買ってもらうまで、一度も読んだことがなかった。

（もしかして、文官を目指してくれるのかな？　……嬉しい）

太学に茉莉花以外の女性はいなかった。おそらく、次の代に女性文官は生まれないだろう。けれども、その次、その次の次の次の代には、女性の後輩が生まれるかもしれない。

――がんばって。待っているから。

期待の気持ちをこめ、聞こえないとわかっていても声に出して伝える。

「香綺さん、果温さん、お花は足りていますか？」

茉莉花は新しい籠をもちながら振り返る。二人とも笑顔でしっかり頷いた。

広場まであと少し。これなら予定通りに、広場の入り口で馬車から降りることができそうだ。

（あとは果温さんの楽器が無事かどうかかね。武官に抱えてもらっているから、よほどのことがない限り壊れていないと思うけれど……）

そんなことを考えながら見物客に手を振り、花を投げていると、隣の香綺から小さな「あっ」という声が聞こえてきた。

「香綺さん？」

「……茉莉花さん、どうしよう」

香綺はなんとか笑顔を保ちながらも、声を震わせている。

「今、なにか飛んできて……衣装の裾が濡れて……」

茉莉花は皆を動揺させないように、花の籠を取るふりをしながら香綺の衣装の裾を見る。

近くに赤い色の布が落ちていた。そして、香綺の衣装と足が赤色でべったりと汚されている。

（血……ではないわ。臭いが違う。なにかの染料ね）

しかし、染料は逆にやっかいだ。血なら肌についても濡れた布で拭けば取れる。けれども、染料なら丁寧に拭っても色が残ることもある。

（着替えは馬車の中にある！　でも、足の汚れがすぐに取れなかったら……！）

広場に馬車をつけておきながら、花娘たちが動き出さなかったとなれば、なにかあったのかと皆が心配するだろう。

染料の色が赤色なのもよくない。血を連想させる。不吉だと誰かが言い出したら、香綺は皇帝の前で舞うことを許されないかもしれない。

――考えて！

彼女を名誉ある舞台へ立たせるために、なにかできることがあるはずだ。

茉莉花は、頭の中に大きな白い紙を用意する。

自分にできること、香綺にできること、果温にできること、武官にできること、連れてきた女官にできること……そういった点をすべて置く。

（あとはわたしがつくった城下町も……！）

ここから広場まで、そして広場とその中の舞台。

どうしたらこの危機を乗り越えられるのか。手持ちの材料をひたすら組み合わせ、解決法を探す。

（時間稼ぎをするしかない……！　そのためには、誰かが皆の眼を引きつけなければならない……！　とても自然に見えるように！　元々の舞台を邪魔しないようなやり方で！）

中心人物をどうするか。果温一人では無理だ。茉莉花も手伝うけれど、できることはどうしても限られていて……。

——わたしの視点では駄目だわ。なにをするにしても準備が細かすぎる！

茉莉花は、丁寧な準備によって作戦の成功率を上げている。

このやり方では駄目だ。今はもっと勢いに頼るような、細かい部分を気にしなくていいような、たった一つの大きなものがいい。

（なにか、なにかないの……!?）

助けを求めるように、茉莉花は視線を必死に動かす。

　ふと視界に宿が入ってきた。あの宿の二階には、珀陽がいるはずだ。

（陛下なら……！）

　それこそ、皇帝の力を借りるというのはどうだろうか。

　今の珀陽にできることはなにかを考えるために、茉莉花は自分の視点から珀陽の視点に切り替えてみた。

（眼の前に広場があって、皆が取り囲んでいて……）

　皇帝は、舞台を最も楽しめる位置にいる。

　一般（いっぱん）の観客とは違い、花娘を見下ろす場所で見物している。

　だから花娘の衣装の素材を軽いものにして、回転したときにふわりと裾が広がるようにしたと夏絹（かけん）が言っていた。

　——見えた！

　珀陽の視点から、一つの答えが浮かび上がる。

「これしかない……！」

　茉莉花はやるべきことを頭の中で並べていった。

「香綺さん！　わたしと果温さんで時間を稼（かせ）ぎます！　屋根から降りたら馬車の中に入って着替えてください！」

　万が一に備えて、この馬車の中にも女官を待機させている。彼女なら絶対になんとかしてくれる。

「女官に足の赤色をどうにかしてほしいと言ってください。どうにかできたら、頃合いを見計らって馬車から出てきて、予定通りに舞を披露してください」

「……わかりました」

もう時間がない。それは香綺もわかっている。

細かいところの打ち合わせはできないけれど、互(たが)いを信じて息を合わせよう。

「果温さん、香綺さんには着替えの時間が必要です。予定を変更して、祈りを捧げたあとに時間を稼ぎたいので、手伝ってもらえますか？」

「あ……わかりました！」

茉莉花は微笑みながら果温に花籠を渡し、どうしてほしいのかを簡単に告げる。

「果温さんに全部任せます。……お願いします。香綺さんをあの舞台に立たせるためには、貴女(あなた)の力が必要なんです」

果温と茉莉花は似ている。おっとりしていて、大きな舞台を前にすると緊張してしまう。

こういうときに責任をより重くしてしまうと、身体が固まってしまい、そんなことはできないと拒絶(きょぜつ)してしまうだろう。けれども、果温はそれだけの人間ではない。

仲よくなりましょうという意思表示をした茉莉花に、真っ先にそうですねと応えてくれたのは果温だ。琵琶と舞を合わせたときに上手くいかなくても、大丈夫ですといつも言ってくれたのは果温だ。彼女は『みんなで仲よくがんばる』ことを望んでいた。

——香綺さんのためになんとかしないと……！

茉莉花の想(おも)いに、果温も応えてくれる。

「花娘の皆さん、そろそろ広場です！」

商工会の人の声に、茉莉花はわかりましたと答えた。

「果温さん。籠に花をできるだけ詰めておいてください」

「はい……！」

ガタガタと揺れる馬車が広場に入っていく。

茉莉花は広場の人に向かって笑顔を見せ、手を振った。

ここで『あの皓茉莉花だ！』と叫ばせ、どうにか視線を集めなければならない。

——ときには、芝居(しばい)がかったことも必要……！

人の注目を集めるための仕草は、叉羅国(サーラこく)の司祭たちから学んだ。

大事なのは人々と呼吸を合わせること。

皆を盛り上げるための仕草と、言葉を聞いてほしいときに歓声を抑(おさ)えるようにと示す仕草と、それから皆の声に応えるための仕草。

練習なしでの本番になったけれど、やるしかない。

「降りてください～！」

馬車が止まったあと、茉莉花は花を詰めこんだ籠をもって降りていく。

まずは珀陽がいる宿屋の二階に身体を向け、花籠を地面に置き、禁色の歩揺をゆっくり引き抜いた。

歩揺をぎゅっと握りしめて胸に抱き、それから歩揺を胸元に入れて拱手と立礼をする。

――皇帝陛下がいらっしゃるからだ！

誰かがそう叫んでくれたおかげで、皆の視線が珀陽のいる宿屋の二階に向けられた。

茉莉花は衣装の裾を握りしめていた香綺に眼で合図を送り、今のうちに馬車の中に入ってもらう。

（ここまでは上手くいっているわ）

皇帝を称える歓声が落ち着いたころ、茉莉花は再び歩揺をつけ、花籠をもって予定通りに広場の中央までゆっくり歩いていく。皆の視線を感じながら足を止め、花籠を一旦地面に置き、胸元に入れておいた紙を広げた。

「紫藤雲樹に掛かり、花蔓陽春に宜し。蜜葉花鳥を隠し、香風美人を留む――……」

小さな祭壇に祈りの言葉を捧げ、『この一年の間に、皆にとっての花が咲き誇りますように』という言葉で締めくくる。

このあと茉莉花は、小さな祭壇に捧げられていた三つの花を手に取り、香綺と果温に一本ずつ分けることになっている。香綺は花を手にもって舞い、果温は耳元につけたまま琵琶を奏でるのだ。

（でも、香綺さんの準備はまだ終わっていない……！）

もしも拭うだけで足が綺麗になるのなら、香綺は着替えるだけでいい。茉莉花が祈りを捧げている間に戻ってくることもできたはずだ。

香綺についた赤い染料は、そう簡単に落ちないものだったのだろう。女官は今、それを上手く隠そうとしている。

茉莉花は果温を見た。茉莉花が祈りを捧げている間に琵琶を受け取っていた果温は、琵琶をぎゅっと抱えてしっかり頷く。

茉莉花は、果温の手によって花が詰め直された花籠をもち──……三本の花はもたずに再び広場の中央に戻った。

毎年この花市を見ている者は、いつもと手順が違うことに気づく。しかし、今年はそういうものだと納得した。皇帝が見物にきたことで、祭壇の向きが変わり、観客席の位置も変わっていたからだ。

（今ここで目立てるのはわたしだけ。──そして、わたしがここで披露できるのは、習っていた奉納の舞だけ）

茉莉花は、鈴をつけていない右手をぴんと伸ばして振る。

──そのとき、琵琶の音が鳴った。

それは高く澄んだ音で、この広場に響いていく。

茉莉花は、こちらの意図をしっかり読み取り、皆をはっとさせてくれるような鋭い音を鳴らしてくれた果温に感謝した。

(呼吸を合わせるというのは、こういうこと。そして、合わせるのは上手い人がやるべきだわ。大虎さん、大事なことを教えてくれてありがとう……!)

茉莉花が音に合わせて見事に舞うなんてことは無理だ。

だから果温に無茶を頼んだ。自分の動きに合わせて、即興でそれらしい曲にしてほしいというお願いをしたのだ。

(舞の先生方、どうか力を貸してください……!)

行儀見習い先で基礎を、後宮で一通りのことを、そして花娘に選ばれてからは『怒られないように真面目に練習する』のその先にある『できる限りの練習をする』をしてきた。だから今が一番きちんと動けるはずだと、茉莉花は少しでも自信をもとうとする。自信のなさは雰囲気に表れる。人の眼を引けなくなる。

茉莉花は左手で花籠をもち、右手で花をまきながら舞った。

「これ……奉納舞?」

「いつもとちょっと動きが違うよね。花をまいているけれど……」

「初めて聞く曲だな」

きちんと練習をしてきたという程度では、人々の心を動かすような舞にはならない。そんなことは茉莉花もわかっている。そこで勝負をする気はなかった。

——これは新年の祈り。この一年が幸せでありますようにという願いをこめている。

茉莉花は祈りのための舞に、回転を入れたり、歩数を足したりと、好き勝手に動いた。

そして、それにぴたりと琵琶の音色が合わさる。茉莉花の適当すぎる舞が、なんとか舞として成立しているのは、曲が動きにきちんと合っているからだ。

(果温さん……！　すごい……！)

彼女の琵琶の音色が茉莉花を助けてくれる。見せものとしてぎりぎり成立させてくれていた。あとは……と茉莉花は観客の助けを祈る。


「……これ！　文字だ！　逆さまの『福』！」


誰かが茉莉花のしかけに気づき、声を上げた。

助かった！　と思うのと同時に、今のは誰かの声ではなかったと茉莉花は眼をこらす。

踊りながらでは探せない。けれども、先ほどの声は……。

「舞いながら花びらで文字をつくってる！　皇帝陛下に見せるためだ！」

大虎がどこかにいて、皆に説明をしてくれた。

そこからざわめきは広がり、広場にいる者たちが納得の声を上げ始める。

「本当だ！」

「逆さの福！　これは縁起物だなぁ！」

「上から見たい！　残してほしい！」

広場が喜びの声に包まれた。

大歓声に包まれた茉莉花は、ほっとする。

これは縁起物の文字を書くための舞ではない。あまりにも拙い舞をごまかすための理由をあとからつくっただけだ。

それでも最初からこのための舞だったのだという顔をして、皆に笑顔を見せた。

──わたしを見て！

茉莉花はいつだって目立たないようにしてきた。

だからその逆である『目立つ』ための方法もわかる。

視線、動き、表情……人の眼を引く仕草を、思いつく限りここでやってみせた。

──もっと、もっと！

こんなことを願う日がくるなんて思わなかった。しかし、理由があればできる。どきどきしているけれど我慢できる。

（もうそろそろ『福』を書き終えてしまう……香綺さんは間に合うかしら……⁉）

茉莉花は舞いながら馬車を見た。香綺がちょうどそっと出てくる。

逆さまの福を書きながら待っていると伝えておいたこともあって、香綺も最初からこの予定だったという顔をしてくれていた。

茉莉花は、最後に籠の中の残りの花をぱっと空に放り投げ、それから観客に向かって一礼をする。果温はその動きに琵琶の音色を合わせ、上手く曲を終わらせてくれた。

三人とも、次はどうしたらいいのかをもうわかっている。

茉莉花は祭壇に供えられている三本の花のうちの一本を香綺に渡し、そしてもう一本を果温の耳の上にそっと差しこんだ。

――さぁ、貴女の番よ。

茉莉花が視線でそう促せば、香綺はしっかり頷く。

ここからは本物の美しい舞だ。琵琶の素晴らしい音色と舞が合わさり、皆が感動するだろう。

ようやく観客の視線から解放された茉莉花は、そっと自分の気配を殺す。そして、これまでの努力の成果を披露する二人を見守った。


「見た!? 今年の花娘！」

「見た見た！　すっごく綺麗だった～！　舞も琵琶もよかったよね！」

「本当に！　……それに、やっぱり『晧茉莉花』！」

花市を楽しんでいた幼い少女たちが、広場で見たものについて語り合う。

誰もが先ほどの光景をうっとりと思い返していた。

「元々、後宮にいた方なんでしょ!?　わかる～、すごい美人だった！」

「なのに陛下に能力を見初められて科挙試験に合格した才女……！　信じられない！」

「舞も素敵だった……！　なんでもできる人っているんだ……！　きらきらしてた！」

「平民出身の官吏なのに、もう禁色の小物をもらっているんだよね！」

物語の中の登場人物のようだと、皆で騒ぐ。

「わたし、茉莉花さまにがんばってって言われた！」

その中の一人が、書物を胸に抱いたまま、興奮した様子で言い出した。

すると、周りはありえないと首を振る。

「気のせいだよ～。あれだけ人がいたらそんなことできないって」

「知り合いを見つけたんじゃないの？」

「本当にこっちを見てくれたの！　わたしも茉莉花さまみたいな文官になるわ！」

幼い少女が瞳を輝かせながら夢を語る。

いっぱい勉強しないといけないんだよとか、試験がとても難しいんだよとか、他の少女は笑い出す。

──女の子には無理なんだよ。平民には無理なんだよ。

晧茉莉花という先例があるから、少女の夢を否定する言葉は誰からも出てこない。

茉莉花の夢を叶える日が、また一歩近づいた。

花娘としての役割を終え、控え室に戻る。

皆から素晴らしい琵琶と舞だったと称えられていた果温と香綺は、まだ興奮が収まっていなかった。

「間に合ってよかった～！」

香綺の言葉に、果温もうんうんと嬉しそうに頷いている。

「女官の人がすごかったんですよ！　足についた赤色が落ちなかったから、綺麗な布で巻いて隠して、すぐにその布を縫い合わせて外れないようにして、金鎖を絡めて、裾が膨らんで足が見えてもそういう衣装に見えるようにしてくれて……！」

茉莉花は、女官長に協力を依頼しておいてよかったと微笑んだ。

女官たちは、後宮内の嫌がらせの対応に慣れている。衣装が汚されたり、裂かれたり、そういうことがあっても動揺することなく、すぐにどうにかできる技をもっているのだ。

「それに、茉莉花さんと果温さんが時間を稼いでくれたおかげですね！」

はしゃぐ香綺とは真逆に、茉莉花はあのときのことを改めて思い返し、今更ため息が出てきた。

「上手くいってよかったです……」

きちんと練習して、予定通りに進める。

茉莉花はそういう流れを好んでいるのだけれど、今回ばかりはみんなを信じての一発勝負に挑むしかなかったのだ。

「今回、私は今までで一番上手く舞えたと思っているけれど――……それはみんなのおかげだとわかりました」

香綺はぐっと拳を握る。

「ずっと自分が努力したらそれでいいと思っていた。でも、舞台に立つためには、先生の教えを受けたり、衣装をつくってもらったり、……当日だって、こうして二人になんとかしてもらって、女官の人に手伝ってもらって……」

「私も……、誰かのためなら、できないこともできるとわかりました」

——皆の前で、茉莉花に合わせて即興で演奏する。絶対に失敗できない。

いつもの果温なら緊張しすぎて動けなくなっていた。けれども、今回は落ち着いた気持ちで挑めた。果温にとって、自分にもこんなことができるんだという、自信がつく経験になったのだ。

「わたしは目立つことに苦手意識をもっていましたが、今日はそんなことを気にしていられなくて……。花娘を引き受けて本当によかったと思いました」

茉莉花は、香綺と果温と違って、実力で選ばれた花娘ではない。

そのことを申し訳なく思い、できる限りの努力をしてきたけれど、予定通り無事に終わっていたら、いい経験になった程度の気持ちにしかならなかっただろう。

しかし、予定通りに進まなくて、それでもなんとか二人を守りきり、晴れの舞台に立たせることができたことによって、自分が花娘になった意味を得ることができたのだ。

(あとは……)

どうかな、とそわそわしていると、扉が勢いよく開き、夏絹が入ってくる。

行儀作法に厳しい夏絹らしくない行動に皆が驚いていると、夏絹は手にもっていた手紙を香綺と果温に渡した。

「香綺さん、果温さん、皇帝陛下からのお手紙ですよ……！」

夏絹は、二人がその実力を発揮できれば皇帝から声がかかるかもしれないと思い、別の曲の特訓もさせていた。どうやら二人には、その特訓の成果を発揮できる場が与えられるようだ。

（陛下には、二人の舞と琵琶が見事であれば、ぜひ御前で披露する機会を与えてほしいと頼んでおいた。わたしはきっかけをつくっただけ。それを手にすることができたのは、香綺さんと果温さんが努力したからだわ）

どうしようとおろおろしている二人に、夏絹はゆっくり開きなさいと言っている。

そして、開かれた手紙には、二人の舞と琵琶が見事だったというお褒めの言葉と、それからもう一度見たいという言葉も書かれていた。

――皇帝の期待に応えることができたら、後宮入りはすぐそこだ。

二人ならきっと夢を叶えることができるだろう、と茉莉花は胸を熱くする。

「ねぇ、茉莉花さん！」

香綺が信じられないと喜んだあと、茉莉花を見てきた。

「友だちがいるという理由があれば、文官も後宮に入れるんですか？」

茉莉花は香綺からの唐突な質問に驚きつつも、そうですね……と考える。

「女性文官であれば、仕事で後宮へ立ちよったときに、友だちに挨拶をするぐらいのことは許してもらえます」

茉莉花の答えは、どうやら香綺にとって満足できるものであったらしい。

「なら私たちが後宮入りしてもまた会えますね。お仕事ついでに必ず顔を出してください」

「楽しみに待っていますね」

当たり前のように茉莉花を友だちだと思ってくれている二人に、茉莉花は嬉しくなる。

同年代で、同じ年に花娘を務めた。共通点はその二つだけだ。

ほんの少しの間、一緒にがんばっただけだけれど、友人になり、そして友情を続けていきたいと望まれている。

茉莉花は心からの笑顔を零した。

「恋の相談はいつでも聞きますよ。茉莉花さん、仕事はできても恋愛の駆け引きが上手くなさそうですし」

「次は絶対に素敵な人と出会えるはずです」

香綺と果温からの心強い言葉に、茉莉花は「ありがとう」と答えた。

茉莉花は三つの見合いをしながら、花娘の役目を無事に果たした。

言葉にするとたったこれだけのことだけれど、花娘の役目を通して大きな変化の始まりを摑めたような気がしている。

女の子の憧れの文官になる第一歩を踏み出すこと。

間諜のあぶり出しをすること。

上に立つ者としての練習をすること。

視点を変えることで頭の中の城下町の精度を上げること。

そして、最後の一つもなんとなくわかってきた。

（花娘を任されて本当によかった……！）

このことを報告書にして珀陽に渡そうかな、と思っていたけれど、はっとする。

「……いえ、もう一つ残っていたわ」

爽やかな気持ちになっていたので、大事なことをうっかり忘れていた。

（到着はそろそろのはず……！）

あのときは焦っていた。こうするしかないとあの人に慌てて手紙を書いたけれど、少し気持ちが落ち着いてきた今は、やめておけばよかったのでは……と思い始めてしまう。

皆に注目されることは花娘でも経験している。それはとてもありがたい経験だったけれど、だからといって注目をいつだって心地いいと感じられるようになったわけではない。

（覚悟しておかないと……。自分で決めたことだから）

自分は被害者ではないと言い聞かせながら、資料の巻物を資料室の棚にしまっていった。

「茉莉花さん！」

廊下に出た途端、礼部の先輩に呼ばれる。

茉莉花が身体の向きを変えると、先輩文官が大変だと言いながら駆けよってきた。

「今すぐ謁見の間に行って！」

「謁見の間……ですか？」

「叉羅国からいらっしゃった方がいて、今とても揉めていて……！」

茉莉花は息を呑む。きっとあの人が到着して、頼んだことを始めているのだ。

（不自然に思われないように、表情や返事に気をつけないと……！）

「わかりました。今から行ってみます」

茉莉花はなにもわかっていませんという顔をしながら頷いた。

早足で謁見の間に向かうと、ときどき視線を感じる。騒動を聞きつけた人だろう。もう皆が知っているということは、かなり派手に騒いでくれたようだ。

「——マツリカ！」

茉莉花が謁見の間に入った途端、よく通る声が響いた。

皆の注目を浴びた茉莉花は、ここからが肝心だと気を引きしめる。

「茉莉花、挨拶はいい。……叉羅国のラーナシュ司祭がきているんだ」

珀陽の言葉に、茉莉花は戸惑いながら頷いた。

「これはどういうことだ!?　お前は嘘をついたのか!?」

すると、ラーナシュは叉羅語で叫びながら茉莉花に近づいてきて、両肩を掴んでくる。

茉莉花は、困っているという表情をわざとつくった。

「ラーナシュ司祭、落ち着いてください。わたしはここにきたばかりで、どういう話になっているのかもまだわかっていないのですが……」

茉莉花も叉羅語で返事をしつつ、助けを求めるように同席していた礼部尚書を見る。

「……それが、いや、んんっ、守敬くん。叉羅語が得意な君から説明してやってくれ」

礼部尚書から説明を任されてしまった礼部の先輩である綜守敬が、気まずそうにしながらごほんと咳払いをした。そして、彼は珀陽をちらりと見て、ラーナシュもちらりと見る。

「ラーナシュ司祭は、茉莉花さんの見合いの話を聞いて驚いたそうだ」

「そう……ですか」

「この俺の求婚を断ったのに、これはどういうことだ……と」

謁見の間には、珀陽や礼部尚書、礼部の文官たち以外にも、宰相や他の尚書たちもいる。皆はもう『この騒動の原因は男女関係のもつれ』ということを察していたようで、あまり関わりたくないという表情になっていた。

茉莉花は、いい空気になってきていることに心の中でほっとする。

「え～、茉莉花くん。ラーナシュ司祭から求婚されたことがあったのかね？」

礼部尚書の確認に、茉莉花は頷いた。

「はい……。前に通訳をしたときに、とても気に入ったから結婚してくれと言われまして……、断りました」

この場にいる者たちは、茉莉花の言葉にどう反応したらいいのかを迷う。

国王に次ぐ地位をもつ青年からの求婚。平民の女性であれば胸をときめかせるだろう。

しかし、相手が異国人となれば話が変わってくる。愛がどれだけあっても、苦労することがわかっているからだ。茉莉花が断ってしまっていても、それはしかたないよなという感想を抱くだけだった。

「ラーナシュ司祭はそのことに納得しなかった……ということかな？」

「……何度か求婚されましたが、そのたびに断りました。納得していただいたはずです」

しかし、ラーナシュは茉莉花の見合い話を聞いて怒っている。

誰もが『頼むから叉羅国が責任をもってこの面倒な男を引き取ってくれ』と心の中でため息をついた。

茉莉花は、苦笑している珀陽に視線を向けたあと、皇帝の代わりに発言しなければならない宰相へ視線をずらした。

宰相はわざとらしい咳払いをする。

友好国である叉羅国の司祭が怒りを見せながらやってきたとき、宰相はなにか重大な問題でも発生したのかと慌てただろう。しかしすぐによくある男女の話だと判明してしまった。こうなるとわかっていたら礼部にすべて任せたのに……と宰相は思っているはずだ。

「マツリカ、話が違うだろう！　お前は巫女じゃなかったのか⁉」

周囲にまあまあと言われて少し落ち着いたのか、ラーナシュはようやく白楼語に切り替えてくれる。そして、新たな問題発言を放ってくれた。

「巫女……？」

礼部尚書がどういうことなのかと首をかしげる。

茉莉花は愛想笑いを浮かべつつ、その発言についての説明をした。

「色々な理由を述べてお断りをしていたのですが……、なかなか納得していただけなかったので、ラーナシュ司祭が納得しやすいように『わたしは巫女のようなものです』と言いました」

「ああ……なるほどね」

司祭であるラーナシュは、神の教えであれば引き下がってくれるだろう。

茉莉花がそう考えたことに、たしかに……と同意してくれる。

「神に仕える巫女だと言ったのはお前だ！　なのになぜ人間の男と見合いをしたのだ⁉」

全員が、それはお前の求婚を断るための優しい言い訳だ、とくちに出さず心の中でそっと呟いた。

「ラーナシュ司祭、わたしの言葉は間違っていません」

「……間違っていない？」

「我が国の皇帝陛下は、白虎神獣の化身とも言われております。わたしはかつて陛下の後宮で陛下に女官として仕えておりました。『神に仕える巫女のようなもの』という言い方で間違っていません」

「ああ……、たしかに後宮には皇帝殿に仕える女性ばかりいると聞いたな」

「ええ、そうです。ですから、見合い話というのはその……」

茉莉花は見合い話の窓口となった珀陽に、そろそろまとめてくれと視線で頼む。

「ちょっと手違いがあったんだ。茉莉花は、元は女官だけれど、今は文官として働いてもらっている。かつての事情を知らない者もいてね」

珀陽の言葉に、ラーナシュがぱっと顔を輝かせた。

「そうか！　手違いか！」

「はい、手違いです」

ようやく話がまとまりそうだと全員が胸を撫で下ろす。

そして、全員が同じことを思った。

——皓茉莉花が見合いをしたら、叉羅国の司祭が乗りこんでくる。味方にしておきたいけれど、結婚という方法を使うのはあまりにも面倒すぎる。自分の陣営に引きずりこむのは、また別のやり方にしよう。

茉莉花は、話を終わらせたがっている皆の空気を察して喜ぶ。

これでもう見合い話をもちこまれることはないだろう。

「マツリカ！　俺の土産を見てくれ！　きっと気に入ると思う！」

ラーナシュは機嫌を直し、ころっと態度を変えた。

茉莉花が礼部尚書に判断を求めれば、礼部尚書はにこにこ笑う。

「ラーナシュ司祭の通訳をするように。部屋の準備ができるまで、話し相手を頼むよ」

面倒な男の相手は新人文官に任せよう。

皆の意見が一致した気配を感じとった茉莉花は、ラーナシュを連れて移動した。

大事な客人を待たせるときに使う部屋に入ったあと、茉莉花はようやく肩の力を抜く。

「お久しぶりです、ラーナシュさん」

「元気にしていたようだな！」

遠いところからわざわざきてくれたラーナシュに、茉莉花は改めて頭を下げた。

「急な頼みを聞いてくださり、本当にありがとうございました……！」

「これは元々の予定にあった恩返しだ。気にするな」

ラーナシュはにこにこ笑っている。長旅で疲れているはずなのに、そんな様子を少しも見せずに再会を喜んでくれた。本当にいい人だ。

「当初の予定とは少し違ったが……手紙に書いてあった通り『求婚したけれど神に仕える巫女だから無理だと断られていて、でも見合いをしたという話を聞いて激怒してやってきた』をしたぞ。あれで大丈夫だったか？」

「完璧でした！　ありがとうございます！」

ラーナシュのおかげで、茉莉花は見合い話をもちこまれることはなくなった。そしてこの先、茉莉花が結婚をしなくても、とやかく言われないだろう。

（これで一安心できたわ……！）

功績を立てていけば、いずれは断れない見合いもあるだろうと思っていた。断れなかった時点で、それはもう結婚するしかないということだ。

たとえば、淑太上皇后からの勧めだった場合。これは珀陽でも断りにくいだろう。なにか大きな理由が必要になる。

――だから大きな理由を用意しておいた。

必要になるのは十年後ぐらいだと思ったけれど、予想に反してとても早くなった。まだ大丈夫だけれど念のために、と今のうちから準備しておいて本当によかった。

「マツリカは嫌なやつと結婚させられそうになっていたのか？」

「……素敵な方々でしたが、今はまだ文官として働いていたいんです」

「そうか。マツリカの幸せがそこにあるのなら、それが一番いい」

爽やかな笑顔を向けてくれるラーナシュに、茉莉花は力強く頷き返した。

「ついでに仕事の話もしよう。バシュルク国とムラッカ国の会談が正式に決まった。俺たちは場所を貸すだけだが、これを機にバシュルク国との繋がりを深めておきたい。……まあ、こんなことを言うのは俺だけだ。皆、相変わらず非協力的でな」

叉羅国の民は異国人を好まない。ラーナシュはそんな国で生まれ育ったのに、異国のものに興味をもち、新たなものを国に取り入れようとしているとても珍しい人だ。

「誰が会談にくるのかわかりますか？」

「名簿をよこせと言ったのだが、提出を渋られている。本当に用心深い国だ」

茉莉花の知り合いが使節団の中にいるのであれば、ラーナシュに細かい情報を提供できただろう。しかし、徹底して情報が伏せられているのであれば、別のやり方で仲を深めていくしかない。

「……とりあえず、食事ですね」

「食事？」

「バシュルク国は、農作物が豊富に穫れる国ではありません。食料を異国から買い、保存食にしています。食事が……、そう、どうしても慣れない味で……」

普段、白楼国の首都で暮らしている茉莉花は、食べるものにとても恵まれている。

赤奏国も叉羅国も、暖かい土地であることを生かした農業国であるため、新鮮な食材が季節に関係なくあり、茉莉花は慣れない味付けでも楽しめた。

しかし、バシュルク国は……特に寮の食事に関しては、足りないと思ったことはない以外の感想を言うのをためらってしまう。

「新鮮な食材を活かした料理を出してください。果物は特に喜ばれると思います」

「果物か……うんうん」

「それに胡椒が好きですね。寒いところに住んでいますから」

「おお、なるほど！」

ラーナシュがなにか紙を……と探したので、茉莉花はすぐに紙と筆を用意する。

「あとは、心をこめたおもてなしをすることが大事だと思います」

「……それでいいのか？」

「はい。バシュルク国は傭兵の国です。傭兵の仕事は、異国で戦うことです。それはとても立派な仕事の一つだとわたしは思うのですが、異国ではあまりいい扱いをされていなかったようです。だからこそ、賓客として丁重におもてなしをされるだけでも、バシュルク国の使節団は驚くでしょう」

国の代表として対等に扱う。それだけでいいのだと茉莉花は教える。

「わかった。出迎えからもてなし、見送りまで、司祭である俺が必ず立ち合おう」

ラーナシュなら歓迎していることを相手へしっかり伝えることができるはずだ。

寧ろ、バシュルク国側が盛大な歓迎に困るだろうな……というところまで想像できた。

「このあとは赤奏国でも会談についての細かい話し合いをする。赤奏国はあまり俺たちと関わりたくないようだが、俺は関わり合いたいからな」

ラーナシュに押しかけられたときの赤奏国の皇帝『暁月』の顔は、不機嫌を通り越して恐ろしいものになっているだろう。茉莉花は想像しただけでも身体が震えそうになった。

「皇帝殿に改めて挨拶をしたら、俺はすぐに出発する。のんびりしたいが、バシュルク国の一件で忙しくしているからな」

「はい。お忙しい中、本当にありがとうございました」

茉莉花との個人的な約束を果たすためだけにラーナシュはきてくれた。せめてこれが旅好きのラーナシュの気分転換になっていてほしい。

「ああ、そうだ。マツリカのもう一つの約束はまだ果たさなくていいんだよな？」

「そちらはまだ大丈夫です」

茉莉花は柔らかく微笑む。

「十年後に果たしてもらう一番大事なとっておきのものですから。——『十年飛ばず鳴かず』です」

ラーナシュは茉莉花の顔を見て、ぴたりと動きを止めた。

「……十年後に恐ろしいことが起こることは、なんとなくわかったぞ」

「ええっ⁉　そういう話をしていましたっけ……⁉」

そんなに難しい白楼語を使ってしまったのだろうか、と茉莉花は驚いた。

「そういえば、花市の見物をしたぞ。踊りがとても上手くなっていた！」

ラーナシュから突然予想していなかった話をされ、茉莉花は慌てる。

少し落ち着いてからこの話をされると、妙に恥ずかしかった。

「ありがとうございます。あれは舞ではなく祈りだと思ってください……！　見せものとして成立していませんので……！」

茉莉花が焦っていると、ラーナシュは首をかしげる。

「いや、きちんと見せものになっていた。綺麗だった」

ラーナシュのまっすぐな言葉に、茉莉花は驚いた。

（……でも、ラーナシュさんは叉羅国の人で、白楼国の舞を知らない）

異国の舞はこんなものだと、ラーナシュは思ってくれたのだろう。

白楼国の見物人はまた違う感想を抱いただろうけれど、ラーナシュ一人でも綺麗だと感じてくれたのなら嬉しい。

「見物人たちもマツリカの舞を綺麗だと褒めていた。この日のために努力したんだな」

その言葉に、茉莉花は息を吞む。

真面目に練習しても意味はない。

そんな言葉を放たれたこともあったのだ。

茉莉花は、今に意味を求めなくても、続けることでいつか意味をもつかもしれないと思った。いつかのときに後悔しなくていいよう、全力を尽くした。

——本当に意味はあったのかもしれない。

舞も琵琶も、今度は自分から習いに行ってみようか。

茉莉花は、そこそこで終わりにしないための努力をこの先も続けていくことにした。

終章

とある日の夜、香綺と果温が月長城にきて、皇帝の前で舞と琵琶を披露した。

茉莉花は女官長と共に同席し、女官長にも二人の実力を見てもらう。

「とても素晴らしいものを見せてもらった。二人に褒美を。より一層花開くところを見る機会があると嬉しいね」

花市に出た花娘が後宮の妓女試験を受けるのは、毎年のことらしい。

二人は妓女としてまだまだなところもあるだろうけれど、皇帝が褒め称えたのであれば、よほどの失敗がなければ合格できるはずだ。

どうかな？　受かるかな？　とそわそわしている二人に、茉莉花はあとでどういう意味なのかをこっそり教えることにした。

「……茉莉花さん、少しお時間を頂いても？」

珀陽が退出したあと、茉莉花は二人を月長城の正門まで送って内緒の話をする。そのあと月長城に戻ったら、女官長に話しかけられた。

「あの二人を気にかけるようなことを、陛下は他にもおっしゃっていましたか？」

「いいえ、そのような話は特に聞いておりません。ですが、陛下にとっては皇帝陛下として見物した初めての花市ですし、その顔となる花娘ですから、思い入れはあるかもしれません」

後宮の妃へ優しく接するだけの珀陽に、女官長はどうにかしてお気に入りの女性をつくらせなければならないと思っている。

花娘たちが改めて皇帝に呼び出されるのはこれが初めてなので、もしかして……と確認したかったのだろう。

「そうでしたか。……これから二人の才能をしっかり磨いていかないといけませんね」

女官長は既に、香綺と果温に妓女としての特訓をさせる計画を立てているようだ。

——皇帝がほんの少し気にかけただけで、すべてが一気に変わる。

かつて自分にも同じようなことがあった。後宮はそういうところで、すぐに変わる状況に対応していかなければならない。

(でも、香綺さんと果温さんなら大丈夫だわ)

彼女たちは、支えてくれる人たちの存在に気づき、感謝もしている。自分が実力を発揮するための条件を知っている。

どんなことがあっても、味方になってくれる人と共に立ち向かっていけるだろう。

「それでは、あとはよろしくお願いします」

茉莉花は女官長に挨拶をしたあと、礼部の仕事部屋に戻った。

すると、すぐ礼部尚書に呼び出されて手紙を渡される。

「これは冬虎皇子殿下からの手紙だ」

「……皇子殿下からの、ですか」

「ちょっとね、色々大変だったから、お見合いをどうするかという話が遅くなってしまったんだ。まずは皇子殿下からだろう、と陛下が上手く収めてくださってね」

礼部尚書は、はっきりとしたことを言わない。

茉莉花はおそるおそる手紙を開け、そして大事なところをくちに出した。

「──君という友人を夕食に招きたい」

「そうそう。素敵な友人ができてよかった。大事にしなさい」

つまり、皇子側からの「お断り」という正式な返事である。あんなことがあれば当然のことだけれど、一応は皇子から断ったという形にしなければならないのだろう。

「今日は早く上がって夕食会へ行くように。失礼のないようにね」

「わかりました」

礼部尚書は、茉莉花がなにも言わずに受け入れたので、ほっとしたはずだ。

茉莉花としては予定通りなのだけれど、周囲からしたら『折角の素晴らしい見合い話が異国の司祭によってとんでもないことにされた気の毒な女性文官』なのだろう。

しかし、同情とはとてもありがたいものなので、茉莉花は素直に気の毒な女性文官のふりをしておいた。

茉莉花は一度下宿先に戻り、着替えてから大虎との待ち合わせ場所へ向かった。

地図通りのところにきてみたけれど、そこには立派な屋敷があるだけで、どう見てもこれは食事をするような店ではない。

（地図を描き間違えたとか、目印が一つずれていたとか……）

茉莉花がこの辺りを歩いてみようかなと思ったとき、門が開いた。

「茉莉花さん！　入って入って！」

大虎が出てきて、ここで合っているよと教えてくれる。

茉莉花は誰の屋敷だろうかと思いながら門をくぐり、そこでようやく気づいた。

大虎は皇子だ。いつもは御史台で働くただの文官みたいな顔をしているけれど、普通に立派な屋敷に住んでいるだろうし、使用人にも囲まれているはずである。

「ここは大虎さんの……あ、いえ、冬虎皇子殿下のお屋敷ですか？」

「大虎でいいよ。ここは陛下の屋敷の一つだよ。皇子のときに使っていた家。今は僕が使わせてもらっているんだ」

「そうだったんですね……」

皇子は成人したら後宮を出て行かなければならない。

皇帝に頼んで月長城の宮を改めてもらうか、それとも城近くの屋敷をもらうか、どちらかを選ぶのだろう。

「僕は一応皇子ってだけだからさ、この屋敷の使用人は最低限しかいないよ。そんなに帰らないし」

「大虎さんは他にもお屋敷をもっているんですか？」

「ううん、琵琶を抱えて友だちのところを泊まり歩いてる」

大虎にすごいことをあっさり答えられ、茉莉花は大虎の人脈の広さとその人懐っこさに感心した。

「食事会といっても、友だちとして招いたという事実がほしいだけだから、楽しく食事をしよう」

「ありがとうございます」

大虎の言う通り、使用人は食事の用意をしたらすぐに下がっていく。

茉莉花は、大虎と最近の話で盛り上がった。

「茉莉花さんの舞が見られるなんて、あれは貴重な経験だったよ～」

「そうですね。もう舞う機会はないと思います」

上手ければ宴の余興で頼まれることもあるだろうけれど、茉莉花の実力ではそうならない。茉莉花の人前での舞の経験は、今のところは『花娘で舞ったことがある』で終わりになりそうだ。

「じゃあ、僕が琵琶を弾くよと言ったら舞ってくれる？」

「……すみません。もっと実力をつけてからにさせてください」

「え？　あの茉莉花さんが断らない……⁉」

「大虎さんには広場で助けられましたから。あのときはありがとうございました」

舞と言いきるにはいまいちすぎる舞を見せていた茉莉花の真意にいち早く気づき、皆にそれを知らせてくれたのは大虎だ。

そのことについてようやく礼を言えたのだけれど、大虎は首をかしげる。

「いや、助けたつもりなんてなかったよ」

「そうだったんですか？　実はあのとき……」

茉莉花が説明をすると、大虎はうわっと言った。花娘が嫌がらせを受けて、着替えるまでの時間稼ぎをしていたという真相を、どうやら知らなかったらしい。

「あの逆さまの福はそういう演出だと本気で思っていたよ。陛下がいらっしゃるから、去年と違っていても寧ろ自然だったし」

「そう思ってもらえる演出になってよかったです。あのときはただ必死でした」

「来年も似たようなことをやるんじゃないかな？　あのあと、みんな福の字を見ようとして高いところに移動していてさ」

広場にきていた大虎は、見物客視点での話をしてくれる。

「三人とも褒められていたんだ。あれがあの皓茉莉花なのか〜って感心している人もいれば、舞を褒めている人もいたり、琵琶の音色がよかったと言っている人もいたし。今年の花市は大成功だよ」

花市が終わったあと、茉莉花は商工会の人にとてもよかったと喜ばれた。どういう結果になっても、皇帝の推薦で花娘になった茉莉花を悪く言うことはないだろうと思っていたので、こうやって皆の率直な評価が聞けて本当に嬉しい。

「それに……って、そろそろ僕は行かないと」

ふと大虎が言葉を止め、立ち上がる。

「なにか用事がありましたか？　すみません、長居して。わたしもそろそろ帰りますね」

茉莉花が席を立とうとしたとき、大虎はにこにこ笑いながら肩を押してきた。

「まだ食事が終わったばかりだよ。今から食後のお茶を楽しまないとね。……あと、琵琶は置いていくから、よかったら使って」

「……え？」

またね〜、と大虎は部屋から出ていく。

しかし、食後のお茶を楽しんでと言われても、家主がいないのに居座るわけにはいかない。茉莉花はなにか書き置きでも残し、それから帰ろうと決めたときに、扉が開いた。

大虎が戻ってきたのかと振り返り――……動きを止める。

「陛下……？」

ここにいるはずのない人がいる。

茉莉花が驚くと、珀陽は楽しそうに笑った。

「冬虎の兄として、個人的に茉莉花へ詫びにくるのは当然のことだよ。ああ、君、お茶の準備をお願い」

珀陽は扉を開けてくれた使用人にそう言いながら入ってくる。

茉莉花は慌てて立ち上がった。

「そういうのはなしで。今日は冬虎の兄としてきたんだから」

「……皇子殿下のお兄さまなら礼儀を尽くすべき相手です」

「おっと、そうきたか」

茉莉花が改めて挨拶をしようとしたとき、使用人が茶器を一式もってくる。

茉莉花は「あとはわたしが」と申し出て、二つの飲杯に茶を注いだ。

「お先に失礼いたします」

毒見は一応した方がいいだろう。茉莉花はそう思って先に飲杯へくちをつけた。妙な味はしない。

「問題ありませんでした」

「ありがとう。……毒見はしなくてもいいんだけれど、なにかあったら茉莉花の責任になってしまうしね。皇帝は本当に面倒な職だ」

珀陽は茉莉花に入れてもらった茶にくちをつけ、おいしいと喜ぶ。

茉莉花は、こういうときに女官をしていてよかったと思えた。

「色々話はあるけれど、とりあえず花娘からかな。お疲れさま」

「素敵な機会をくださり、ありがとうございました」

「あ、文官としてのやりとりはもういいから。ここは私の家の一つなんだし、仕事の時間でもないし、普通に話そう」

ね？　と珀陽の指が白金の美しい髪を耳にかける。

これは二人だけにしかわからない合図だ。茉莉花は袖を直すという合図を返した。

――珀陽と話がしたいとずっと思っていた。

だからこうしてゆっくりと、そして誰かに見られても言い訳ができるような機会を得ることができて嬉しい。

「皇帝だから一番いい席で花娘たちを見られて嬉しかったよ。予定外の事態のおかげで、予定外の茉莉花の舞も見せてもらえたしね」

「あれは……、白虎神獣廟での奉納舞に別の動きを勝手に足しただけのもので……思い出すと恥ずかしいです」

「大丈夫。皇帝に捧げるための舞だと誰もが思ったはずだ」

茉莉花は、珀陽にみっともないところを見せてしまったとずっと思っていた。こうして言い訳を少しさせてもらえたことで、気持ちが楽になる。

「広場での舞は、茉莉花らしくなかったね。あんな風に『わたしを見て』と強く主張するのを見るのは初めてで新鮮だったし、嬉しかった」

「嬉しい……？」

「これから茉莉花は、女の子の夢の象徴になる。旗印がなにかに紛れていたら、その役目を果たせない。『わたしを見て』と君はもっと思わないとね。その第一歩を花市にしようと思っていて、その通りになってくれた」

茉莉花は、花市の見物客の興奮した様子を思い出す。

人の視線はいつだって恐ろしいものだと思っていた。注目を浴びることは、そのあとに嫌なことが待っているだけだと思っていた。

しかし、花市は違った。誰もが花娘たちを歓迎していて、手を振れば喜んでもらえたし、花がほしいと皆が手を伸ばしていたし、舞を見せても受け入れてもらえた。

（これが五つの意味の最後の一つ……。『わたしを見て』と思えるようになること）

きっと『見られる』に慣れることはそう簡単ではないだろう。けれども、前よりは身構えなくなった気がする。

「……見物客の中に、小さな女の子がいたんです」

「うん」

「その子は四書のうちの一冊を抱えていました。もしかしたら、文官を目指してくれるかもしれません。夢に一歩近づけたような気がして、とても嬉しかったんです」

最初にこの夢を語った相手が珀陽だった。珀陽は笑わずに聞いてくれた。今もとても大事な話だと言わんばかりに真剣に聞いてくれる。

「わたしを花娘に推薦してくださって、本当にありがとうございました」

文官としてではなく一人の人間として、茉莉花は改めて礼を言う。

すると、珀陽は苦笑した。

「皇帝としては花娘に色々な意味をもたせていたけれど、個人としては不真面目なことしか考えていなかったなぁ」

「不真面目……どんなことですか？」

「可愛い茉莉花が見られて嬉しい、とかね」

茉莉花は自分から聞いておきながら、予想外の答えをもらってしまい、照れてしまう。

とても嬉しい言葉だったけれど、今は珀陽の顔を見られなかった。

「ちなみに、冬虎に頼んで茉莉花がまいていた花も手に入れたよ」

いつの間に……、と茉莉花は驚く。

そして、大虎がきちんと自分の分も手に入れたかどうかが気になってしまった。

(でも、こうして陛下に手間をかけてもらえるのは嬉しい……かも)

茉莉花は、しなくてもいいことをしてもらえると、愛情を強く感じるのかもしれないと気づく。ならば、珀陽はどこに愛情を感じるのだろうか。

「あの……、痴話喧嘩みたいなことについてですが……」

「それはもう私の負けが決定しているからね」

絶対に勝ちたいと言っていた珀陽が、突然弱気なことを言い出した。茉莉花は瞬きをしてしまう。

「茉莉花が私と仲直りをしたくて、不慣れなことを一生懸命してくれた。私はもう満足しているよ」

痴話喧嘩のようなものを一方的に終わらせようとする珀陽に、茉莉花は慌てる。

「困ります……!」

茉莉花に困ると言われた珀陽は首をかしげた。

「わたしは珀陽さまになにかしたくて……その……」

茉莉花は視線をさまよわせ、あるところではっとする。そこには大虎の琵琶があった。

（まさか……大虎さん!?　どうしてそのことを……!?）

茉莉花は動揺しつつも、自分に反論する。

このことを隠していたわけではない。大虎は茉莉花の下宿先の近くを偶然通ったときに気づいたのかもしれなかった。

「茉莉花？」

「……わたしは珀陽さまに自分の気持ちを伝えたくて練習していたんです」

今を逃したら、もうできない気がする。

茉莉花はそんなことを考え、必死に自分を励ました。

「なんの練習？」

茉莉花は心の中で大虎に礼を言った。大虎は恋愛に強い。散らばっている欠片から、なにが起きたのかを推測できていたのだろう。

「琵琶の……、練習を………」

茉莉花は失礼しますと珀陽に断り、部屋の隅に置いてあった大虎の琵琶を取りに行く。

「上手くはないので、期待させてしまうと申し訳ないのですが……！」

先に言い訳が出てきてしまった。しかし、どうしても言い訳をさせてほしい。後宮の妓女という最高の技術をもつ者の琵琶の音色を聴き慣れている人に、自分の拙い音色を聞かせたかったわけではないのだ。

（でも、気持ちをこめることが大切だから……！）

茉莉花は琵琶を抱えて椅子に座る。緊張のあまり、珀陽の方を向けない。必死に琵琶の弦だけを見る。

弾こうとしているのは『春鳥』という曲だ。白楼国において、春というのは出逢いと恋の季節である。この曲は、春に小鳥が恋の歌をさえずる様子を表したものだ。

（後宮の妓女なら指慣らしに弾くような簡単な曲だけれど……！）

茉莉花にとっては、練習しないと弾けない曲である。珀陽のために少しずつ練習をしていた成果をここで出したい。

茉莉花は緊張で震えそうになる指を叱咤し、弦を押さえて撥を動かした。

（う、わ……！）

力加減を誤って、情けない音が出てしまう。しかし、練習を続けていた成果なのか、動揺していても指が勝手に続きを弾いてくれた。

集中、集中、と茉莉花は自分に言い聞かせる。

これは恋の曲だ。うっとりとした表情を見せ、可憐に弾くべきだろう。しかし、茉莉花にとっての恋は可愛らしいものではない。いつだって必死になるものだ。

(だからわたしはこれでいい……！)

難しいところをなんとか間違えずに弾くことができた。

少しほっとできたおかげでわずかな余裕が生まれ、緊張のあまり走り気味になっている指をいつも通りに戻していく。

(弾けた！)

最後の一音は、恋の鳴き声を表している。だからゆっくり、柔らかく、そんな音にしなければならない。

今の茉莉花にできる精いっぱいがこの音色だ。

満足のいくものではないけれど、全力は尽くせただろう。

(……でも、珀陽さまがどう思うかが大事よね)

これは先生にがんばった成果を評価してもらう場ではない。好きな人に気持ちを伝える場だ。

茉莉花は、自分の想いがきちんと伝わっただろうかと、おそるおそる顔を上げた。

「陛下……？」

珀陽はまるで琵琶の先生のように、とても真面目な顔でなにかを考えこんでいる。

先生であれば、どう指導したらよくなるのかをまとめている最中なのだろうけれど、珀陽もそういう気持ちになってしまったのだろうか。

「――少し待って。私は茉莉花ほど物覚えがいいわけではないから、茉莉花の演奏を必死に覚えておくための時間が必要なんだ」

「すみません。気持ちだけ受け取って演奏は忘れてほしいです……」

そういうことではないのだと、茉莉花は冷や汗をかく。

素晴らしい演奏ができたのであれば嬉しい言葉になるけれど、まだまだこれからという演奏しかできていなかったのだ。

「茉莉花が私を想って弾いてくれた曲だ。音色も、手つきも、表情も、私はなにもかも忘れたくないよ」

珀陽のまっすぐな視線が茉莉花に向く。

「……悔しいなぁ。私に茉莉花のような物覚えのよさがあれば、全部覚えて、毎晩この演奏を思い返せるのに」

茉莉花は軽い気持ちで『時間をかけて珀陽のためになにかをする』をしようと思い、琵琶で恋の曲を演奏することにした。恋の曲を選んだ以外のところに深い意味はない。

けれども、珀陽は茉莉花の軽い気持ちを軽く受け止めず、ひとつひとつを大事にしようとしてくれる。

（こんな風に受け止めてくださるのなら、もっとしっかり考えればよかった……）

自分にも弾ける短い曲という選び方をせずに、曲がつくられた経緯を考えたり、珀陽の好みも考えたりすべきだったのだ。

「本当は、茉莉花が私になにかしたいと言い出してくれた時点で、私の機嫌なんて完全に直っていたんだ。どんなことをしてくれるんだろうか、と楽しくなったから黙っていただけで」

珀陽が立ち上がり、座っている茉莉花の眼の前でしゃがみ、視線の高さを合わせてくる。

「あの時点で私の負けだった。……それなのに、茉莉花がこんなにも嬉しいことをしてくれるから完敗だ」

珀陽は、演奏のよしあしについては言わなかった。これは愛しい人に聞かせる曲なので、想いをしっかり受け取ることが大事なのだと、珀陽はわかっている。

「……負けたのはわたしの方です。珀陽さまがここまで喜んでくださるのなら、もっとできたことがあったはずだと後悔しています……」

恋は難しい問題だ。解けたことに喜んだすぐあと、もっと素晴らしい正答に気づいてしまうこともある。

「なら、今回は引き分けってことで」

珀陽は優しい提案をしてくれるけれど、茉莉花はそれでいいのだろうかと迷った。

そんな茉莉花の様子に気づいたのか、珀陽は笑う。

「恋を楽しもうと言ったはずだ。負けてもなにかが変わるわけではない。精々、自分の方がもっと好きなのにと思うだけだから」

「自分の方がもっと……」

そうか、と茉莉花は新しい感覚を得る。

いつだって失敗したら大事なものを失うような余裕のない場所に立っていた。けれども、恋の勝負は違う。勝つことも負けることもきっと楽しい。

「——次は負けません」

茉莉花がようやく緊張をほどいて笑い返せば、珀陽は頷いた。

「そうそう。不安になることも多いけれど、だからこそささやかなことを楽しもう」

「はい」

珀陽と二人でゆっくりできる機会なんて、なかなかない。いつもはできないような話を色々して、ここで不安を少しでも和らげておこう。

「ラーナシュのことだけれど……、あれはいつ打ち合わせを？」

「二重王朝の統一が決まったときに、恩返しをしたいと言われたので、十年後に求婚してほしいと頼んでおいたんです」

茉莉花の言葉に、珀陽はわずかに眼を見開いた。

「十年後には功績を積み重ねているつもりだったんです。そうなれば、断れないお見合いの話もあるでしょう。ラーナシュさんの求婚を断っておきながらお見合いをするわけにはいかないという形にもっていくつもりで、前々から準備をしておきました」

十年後には、珀陽の思い描いた幸せになれる未来が訪れるかもしれない。

茉莉花は、無駄になる確率の方が高いとわかっていても、希望を胸に抱き続けていた。

「城下町づくりの方はどう？」

「花娘になったことで、城下町の様子を今までにない角度から見ることもできて、城下町の精度が上がりました」

手応えは摑めている。あと少しで完成するはずだ。

「茉莉花はこれから城下町をどうしていきたい？」

「運河の整備をして、船溜まりや荷揚げ場近くの区画整備も今のうちにして、経済の新たな起点にすべきだと思います。立ち退きの交渉は大変ですから、今のうちに早く」

茉莉花の頭の中には、活気のある区域が生まれている。

経済を発展させたいのなら、新しい風が必要だ。そして、その風は外から吹いてくる。

「……それで陛下、わたしの次のお仕事は『首都の商工会の改革』ですか？」

茉莉花の問いかけに、珀陽はふっと笑った。

「その仕事は陰ながらのお手伝いという形になるかな。茉莉花や子星の得意分野だろうから、上手く陰で関わってほしい」

「得意分野……」

商工会の改革を始めれば、商人からの反発が絶対にある。

なにかの交渉を任されるのだろうかと思いつつも、しかしそれならば城下出身の官吏を使う方が「この人が言うのなら……」にもっていけるはずだ。

地方出身である茉莉花は、どうしてもよそ者扱いされるので、あまり関わらない方がいい。

「表立ってやるつもりはないんだ。絶対に抵抗されるからね」

珀陽が人の悪い顔をする。

茉莉花は、無茶なことを言われる気配を察した。

「――なし崩しという形で、商工会という制度を崩壊させよう」

それは意図的にできることなのか、という疑問が茉莉花に生まれる。そして、なし崩しが得意分野だと認識されていることに苦笑してしまった。

終

あとがき

　こんにちは、石田リンネです。

　この度は『茉莉花官吏伝　十三　十年飛ばず鳴かず』を手に取っていただき、本当にありがとうございます。


　十三巻は青春と恋をテーマにした珍しい巻です。珀陽との恋に悩み、同年代の少女たちとの関係に悩み……と、茉莉花らしい真面目な青春をお楽しみください！

　シリーズの初めの方を読み直すと、茉莉花の変化がはっきりとわかるようになりました。文官としてどんどん成長していく茉莉花は、人としての成長もしています。それがわかるお話になっていることを願っております。


　コミカライズに関するお知らせです。秋田書店様の『月刊プリンセス』にて連載中の高瀬わか先生によるコミカライズ版『茉莉花官吏伝　～後宮女官、気まぐれ皇帝に見初められ～』の第六巻が、二〇二二年十月十四日に発売します。ほぼ同時発売です！

　赤奏国編の見せ場を格好よく素敵にコミカライズして頂きました！　何度読んでも惚れ

惚れします……！

そして、莉杏と暁月が主役の『十三歳の誕生日、皇后になりました。』原作小説版の第一～七巻、青井みと先生によるコミカライズ版の第一～三巻もよろしくお願いします。

この作品を刊行するにあたってお世話になった方々にお礼を申し上げます。

ご指導くださった担当様、イラストを描いてくださったIzumi先生（表紙カバーの茉莉花の花娘姿が本当に可愛かったです！）、コミカライズを担当してくださっている高瀬わか先生、当作品に関わってくださった多くの皆様、手紙やメール、ツイッター等にて温かい言葉をくださった方々、いつも本当にありがとうございます。これからもよろしくお願いします。

最後に、この本を読んでくださった皆様へ。

読み終えたときに少しでも面白かったと思えるような物語であることを祈っております。

また次の巻でお会いできたら嬉しいです。

石田リンネ

■ご意見、ご感想をお寄せください。
《ファンレターの宛先》
〒102-8177 東京都千代田区富士見 2-13-3
株式会社KADOKAWA ビーズログ文庫編集部
石田リンネ 先生・Izumi 先生

●お問い合わせ
https://www.kadokawa.co.jp/（「お問い合わせ」へお進みください）
※内容によっては、お答えできない場合があります。
※サポートは日本国内のみとさせていただきます。
※Japanese text only

茉莉花官吏伝 十三

十年飛ばず鳴かず

石田リンネ

2022年10月15日 初版発行
2023年 1 月30日 再版発行

発行者　山下直久
発行　株式会社 KADOKAWA
〒102-8177 東京都千代田区富士見 2-13-3
（ナビダイヤル）0570-002-301
デザイン　島田絵里子
印刷所　株式会社KADOKAWA
製本所　株式会社KADOKAWA

ISBN978-4-04-737212-2 C0193

定価はカバーに表示してあります。
◆◇◇